DANS LA PEAU

UNE ROMANCE DE MILLIARDAIRE BAD BOY

CAMILE DENEUVE

TABLE DES MATIÈRES

Publishe en France par:
Camile Deneuve

©Copyright 2021

ISBN: 978-1-64808-963-3

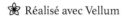 Réalisé avec Vellum

RÉSUMÉ

Arturo Bachi est un homme orgueilleux, provocant, sûr de lui et superbe. Il pourrait avoir n'importe qui... mais c'est elle, qu'il veut.

La première chose à laquelle je pense quand je me réveille tous les matins, c'est d'enrouler ses sombres cheveux épais autour de mes doigts, de tirer sa magnifique tête en arrière et d'écraser mes lèvres contre les siennes... J'ai besoin d'elle dans mon lit, je veux enfoncer ma queue tout au fond d'elle, la dominer, la baiser jusqu'à ce qu'elle se soumette à moi. Mais elle n'arrête pas de dire non... je n'abandonnerai pas. Hero Donati doit m'appartenir. Et je jure qu'elle sera mienne... Je ferai tout ce qu'il faut pour cela...

Ce livre est un roman autonome complet avec une fin heureuse garantie, sans suspense et plein de scènes torrides.

～

L'arrogant milliardaire italien, Arturo Bachi, est indigné par le fait que le dernier appartement de l'immeuble qu'il envisageait de transformer en hôtel, lui est passé sous le nez, lors d'une surenchère de dernière minute. Mais sa colère va s'estomper après sa rencontre avec une jeune femme magnifique, avec laquelle il passe une nuit incroyablement passionnée. Arturo tombe immédiatement sous son charme, parce que pour ne rien gâcher, elle se trouve être la plus belle femme qu'il ait jamais vue, même si elle le quitte sans lui avoir dit son vrai nom. Bien qu'il soit encore hanté par le meurtre de Flavia, son amour de jeunesse, vingt ans plus tôt, le cœur autrefois engourdi d'Arturo, se remet à battre.

Ce qu'il ignore, c'est que Hero Donati est la personne qui a acheté l'appartement qu'il convoitait, et qu'elle essaie d'échapper à une terrible tragédie de son passé qui l'empêche de donner son cœur à nouveau.

Bien que les deux individus commencent rapidement à tomber amoureux, leurs problèmes sont loin d'être résolus. L'autre voisin de Hero, George Galiano, un ancien ami d'Arturo et devenu son ennemi juré, désire lui aussi Hero. Bientôt, Hero se retrouve piégée dans une guerre sans merci entre les deux hommes et sans savoir à qui faire confiance.

Pire encore, le tueur de Flavia refait surface, avec Hero comme cible.

...

Arturo et Hero pourront-ils se battre pour leur amour et leur vie ou se déchireront-ils aussi brutalement et sauvagement que possible ?

CHAPITRE UN

Arturo Bachi sourit à ses invités en levant son verre. « Demain, le dernier appartement de la Villa Patrizzi sera mis aux enchères et le vendeur m'a assuré que je pourrais enfin, mettre la main dessus. Alors, mes amis et mes chers investisseurs, buvons à l'hôtel le plus raffiné et le plus élégant du lac de Côme, le futur hôtel Bachi ! »

Ses amis applaudirent et l'encouragèrent, et Arturo quitta la scène pour se mêler à la foule et parler avec ses invités. Après avoir passé une heure à serrer la main de tout le nord de l'Italie, il fut soulagé lorsque son meilleur ami, Peter, le tira sur le côté.

« Force et courage », Peter sourit à son ami alors qu'ils s'asseyaient au bord du domaine d'Arturo, surplombant les douces vagues du lac de Côme. Plus loin au-dessus de l'eau, une ville alpine nichée dans les montagnes éclairait doucement la nuit.

Peter avait apporté une bouteille de scotch et ils s'allumèrent un cigare. Peter sourit devant l'expression satisfaite de son ami. « Tu y es presque, maintenant, Turo. Penses-tu pouvoir le terminer rapidement après que la vente soit réglée ? »

Arturo acquiesça. « Je pense que oui. Tout est en place : les équipes de construction, les architectes. Tout le monde n'attend plus que mon feu vert. Peter, il semble que mon rêve va enfin se réaliser. » Ses yeux verts brillaient d'excitation. « Je repensais cependant au nom. L'hôtel Bachi me semble... peut-être un peu arrogant. »

Peter haussa les épaules. « Pas nécessairement, mais je comprends ton point de vue. Pour l'instant, le plus important et que nous nous rapprochions de l'échéance. Penses-tu que l'appartement va se vendre pour beaucoup ? «

Arturo secoua la tête. « C'est un endroit minuscule ; il ne possède que quatre pièces. Je vais en faire une suite avec l'appartement voisin. Je pense pouvoir l'obtenir pour une bouchée de pain. La Commission a fixé un prix limite. Après la vente, nous pourrons enfin regarder toutes les caractéristiques de conception comme prévu. »

Il soupira en continuant, «Une partie de moi souhaite utiliser mon propre argent, pour ne pas avoir à répondre à qui que ce soit par rapport aux budgets. Mais mon comptable ne veut pas me laisser faire. » Il lança un regard moqueur à son ami, qui haussa les épaules avec humour.

« Je ne veux simplement pas te voir faire faillite, mon pote. Avec cet hôtel et les autres que tu possèdes dans le reste du monde entier, tu tires un peu sur la corde, et tu le sais. Tu ne pourras pas compter sur ton fond d'investissement spécial pour te maintenir à flot. Philipo pourrait se retirer à tout moment.

Arturo soupira. Son oncle Philipo avait été nommé exécuteur testamentaire du père d'Arturo, car Arturo était trop jeune pour reprendre la société après le décès de Frederico. Peu de temps après, l'adolescent endeuillé avait sombré dans l'alcool et la drogue et, depuis, Philipo lui avait transmis son héritage par tranches successives. Arturo hériterait du gros de son héritage — près d'un milliard d'euros — à quarante ans. Il admirait et détestait son oncle pour ses décisions, mais sa prudence avait forcé Arturo à mener une vie plus rangée et à travailler pour gagner son propre argent. L'immobilier avait été le choix de carrière d'Arturo et, avec son talent naturel et son flair, il avait gagné son premier milliard d'euros à l'âge de trente ans.

À trente-neuf ans, il était sur le point d'ajouter cet héritage à sa propre fortune et de devenir l'un des hommes les plus riches du monde. Arturo vivait pour son travail, mais il appréciait également ce que sa richesse pouvait lui apporter. Il n'était pas fâché d'être considéré comme l'un des célibataires les plus beaux et les plus convoités d'Italie, peut-être même du monde.

Son visage pouvait paraître chaleureux et amical à un moment et dangereux et sombre à d'autres moments. Sa beauté adolescente avait mûri pour devenir plus masculine et sculptée. Ses grands yeux verts cernés de cils épais et noirs comme la nuit, ses sourcils sombres et lourds, sa barbe taillée, mais pas trop précisément. Sa bouche sensuelle, juste un soupçon trop pleine, ses boucles noires sauvages étaient indomptées. Arturo Bachi était d'une beauté sans pareille, et il le savait.

Il n'avait pas le temps pour des relations et était toujours honnête avec ses nombreuses conquêtes. Il ne couchait d'ailleurs jamais deux fois avec la même femme. Pas depuis Flavia, sa petite amie au collège. Il avait aimé Flavia de tout son cœur : elle était son avenir, son amour. Flavia l'avait aimé pour lui-même, pas par ce qu'il était beau, ou riche ou même né dans une famille fortunée. Mais pour le garçon loufoque et enjoué avec un grand cœur et de la poésie dans l'âme.

Ils étaient inséparables jusqu'au soir fatal où Arturo avait été en retard de dix minutes et où Flavia avait été emmenée par un autre homme, un homme qui avait la haine au cœur et le meurtre dans l'âme.

Ils avaient retrouvé Flavia une semaine plus tard, poignardée à plusieurs reprises, son corps jeté dans le lac. Arturo avait couru au le lac dès qu'il avait appris la nouvelle à la radio. Il était arrivé juste à temps pour la voir portée sur la rive, ses longs cheveux noirs enroulés autour de son corps, sa peau d'habitude si bronzée était devenue si grise et pâle. L'eau avait lavé le sang, mais Arturo pouvait clairement voir les plaies sur son estomac laissées par les nombreux coups de couteau, vicieux, et brutaux. Il était tombé à genoux et avait crié jusqu'à ce que ses amis Peter et George viennent le récupérer.

Arturo pensait maintenant à Flavia, à ses gentils yeux bruns qui le regardaient. Comme à son habitude, il repensait à son visage et à quel point elle devait avoir été effrayée et terrifiée alors que son assassin lui ôtait la vie.

Seigneur. Un gémissement involontaire lui échappa et Peter jeta un coup d'œil à son ami. « Tout va bien ? »

Arturo hocha la tête, voulant éviter de se justifier. Peter, qui avait toujours su lire dans les pensées d'Arturo, le regardait avec sympathie. « Flavia ? »

Arturo acquiesça. « Peut-être... Hôtel Flavia ? »

Peter soupira. « Arturo, aussi gentil que soit ce geste, cela ne t'aidera pas à lui permettre de reposer en paix. Ça fait vingt ans, mon pote. »

Arturo hocha la tête, sachant que Peter avait raison. Ses yeux glissèrent vers le lac jusqu'à la villa de George. George Galiano, son autre ami ce soir-là. Un ami qui n'en était plus un aujourd'hui.

« He. » Peter donna un coup de coude à son épaule. « Arrête de penser à cela. Retournons voir tes invités. »

Arturo avala le reste de son scotch, son regard retournant à la villa presque vide située de l'autre côté du lac : la Villa Patrizzi qu'il possédait à 99 % maintenant. Demain, elle lui appartiendrait entièrement.

Il avait hâte.

HERO DONATI JETA un coup d'œil à l'appartement minuscule. Elle avait persuadé l'agent immobilier de la laisser entrer, même tard dans la nuit, pour qu'elle puisse se préparer pour le lendemain. Cet endroit était parfait : petit, compact, mais avec un balcon qui donnait sur le lac où elle pourrait s'asseoir et dessiner, lire ou tout simplement... vivre.

Tout ce à quoi elle aspirait, aujourd'hui, c'était la paix, et la sérénité. Combien de fois avait-elle souhaité ce sentiment au cours des deux dernières années. Ici, elle se voyait bien pouvoir enfin goûter à ces sentiments.

De retour à son hôtel, elle vérifia son compte bancaire pour la centième fois, s'assurant que l'argent était transféré et prêt pour la vente aux enchères du lendemain, puis elle alla prendre un long bain dans sa baignoire. Elle enroula ses longs cheveux noirs sur le sommet de sa tête. Cette coiffure lui allait mieux, pensa-t-elle. Ses cheveux lui arrivaient jusqu'à la taille maintenant, elle ne se souvenait même pas de la dernière fois où elle était allée chez le coiffeur. Elle risqua un regard dans le miroir, mais détourna rapidement les yeux. Ses yeux sombres avaient toujours ce regard hanté auquel elle s'était habituée, mais elle ne supportait pas de se regarder longtemps.

Hero Donati avait été adopté à la naissance par un homme d'affaires italo-américain et sa femme, qui avait déjà une fille, Imelda. La mère biologique de Hero était une jeune étudiante indienne de l'un des collèges de Milan, enceinte de son amoureux italien et qui avait donné son enfant en adoption, incapable de s'occuper elle-même du bébé. De sa mère, Hero avait hérité d'une beauté sombre, qui attirait l'attention masculine. Voilà pourquoi elle avait appris à minimiser délibérément son apparence. Elle avait volontairement gommé sa féminité, portait des lunettes à monture épaisses et était restée résolument célibataire jusqu'à ce qu'elle rencontre Tom.

Tom, avec ses joyeux yeux gris et ses cheveux blonds, ne l'avait pas du tout gêné. Au lieu de cela, ils s'asseyaient régulièrement ensemble dans la cour de leur collège à Chicago et se moquaient de tous les enfants riches. Tom, était issu de la classe ouvrière du Wisconsin, il était devenu son meilleur ami, puis un soir son amant. Ils s'étaient mariés le lendemain de l'obtention du diplôme et Beth était née un an plus tard, la famille avait choisi de s'établir à Chicago.

Hero était devenue mère et épouse et, à sa grande surprise, elle adorait ça. Elle travaillait à son doctorat tout en élevant Beth et elle et Tom avaient été merveilleusement heureux ensemble. Même la relation parfois difficile entre Hero et sa famille adoptive s'était améliorée. Beth n'était que joie, amour, et vivacité, et même Imelda, la sœur de Hero, qui n'avait absolument pas la fibre maternelle, adorait la jeune fille.

Trois ans, quatre mois et six jours plus tard, tout s'était terminé brutalement. Ils allaient tous dans le Wisconsin pour passer Noël avec la famille de Tom quand un conducteur ivre s'était écrasé contre leur Volvo à grande vitesse. Beth, âgée de trois ans, avait été tuée sur le coup. Tom était tombé dans coma jusqu'à ce que les médecins le déclarent en mort cérébrale, le cinquième jour. Le respirateur qui le maintenait en vie avait été débranché avec l'autorisation de ses parents. Hero, elle aussi était tombée dans le coma, sans espoir de survie.

Quand elle s'était réveillée trois mois plus tard, elle regretta amèrement d'avoir survécu aux deux amours de sa vie. Pas un mot ne pouvait décrire la profondeur de son chagrin. Ses parents, étaient inquiets et les parents de Tom, eux-mêmes endeuillés avaient tenté de la réconforter, mais personne ne le pouvait. En son nom, ils avaient poursuivi les employeurs du conducteur ivre et avaient réussi à le faire condamner et à garantir à Hero un règlement de onze millions de dollars en dommage et intérêts, mais malgré tout, Hero ne pouvait même pas penser à vivre.

Pendant des mois, elle était restée chez elle dans l'appartement qu'elle avait partagé avec son mari et sa fille et avait laissé la vie se dérouler sans elle. Ce n'est qu'après deux incidents qu'elle avait dû rejoindre le côté des vivants.

Elle n'en revenait toujours pas du premier incident. Une nuit, plutôt que de rester enveloppée dans le chandail de Tom, le « doudou » préféré de Beth, Hero avait senti quelque chose se casser à l'intérieur d'elle. Elle avait enfilé sa robe la plus moulante et avait fait l'effort de se maquiller pour sortir dans une boîte de nuit en ville. Elle avait bu comme un trou, elle avait dansé et discuté avec des inconnus. Ses intentions étaient claires, elle voulait baiser quelqu'un juste pour engourdir sa douleur, mais malheureusement, son choix avait été une erreur. Dès que l'homme l'avait emmenée dans sa voiture, il était devenu violent et Hero avait dû lutter sa survie, ne s'échappant rapidement qu'après avoir frappé son agresseur dans les testicules.

Elle rentra chez elle en taxi, et une fois à l'intérieur de son appartement, Hero s'était écroulée, et avait passé le reste de la nuit à sangloter et à hurler.

Une de ses voisines avait appelé Imelda. « Je pense que Hero a besoin de toi. »

Imelda, n'avait jamais été une personne très empathique, elle était arrivée, avait mis Hero sous la douche. Lui avait donné une bonne soupe chaude, un café très fort et des somnifères. Elle avait ensuite mis sa sœur adoptive au lit et était restée avec elle pendant qu'elle dormait.

Le lendemain, Hero avait dû écouter le discours d'Imelda. Imelda n'avait pas mâché ses mots. « Peu importe ce que tu décides de faire, Hero, fais quelque chose. Pars visiter le monde, ouvre une galerie d'art, vas enseigner en Chine. Mais tu dois absolument te secouer. Tom et Beth sont morts. »

Hero avait senti la colère lui monter au nez, et elle s'était retournée contre sa sœur. « Tu crois que j'ai oublié, Melly ? Je sais très bien qu'ils sont morts ! Je voudrais l'être aussi, tu sais. »

Imelda l'avait regardé froidement. « Alors, fais-le. Tue-toi. Montre-toi encore plus égoïste. C'est exactement ce dont ont besoin Maman et papa en plus de la perte de Beth. Fais-le. »

Hero avait regardé sa sœur, abasourdie. Elle savait que Melly essayait juste de la choquer, mais à ce moment-là, elle avait senti une vague de haine la submerger. Elle avait détesté sa sœur. « Je dois quitter ce foutu pays. »

« Très bien. Fais-le. Au revoir. » Imelda était sortie en ajoutant par-dessus son épaule. « Et si je te revois, ce sera toujours beaucoup trop tôt. »

Quelle salope !

La colère de Hero s'était transformée en un sentiment froid et silencieux qui rongeait son âme. Elle s'échapperait. Elle retournerait en Italie. Elle était encore une citoyenne de ce pays, après tout. Peut-être qu'elle essaierait de retrouver sa mère ou son père, ses parents biologiques. Elle savait juste qu'elle ne pouvait plus rester à Chicago plus longtemps.

Bannissant ces pensées du passé aussi loin qu'elle le pouvait, Hero sortit de la baignoire et se dirigea vers son lit. Demain, elle ferait une offre pour ce petit appartement de la Villa Patrizzi. Et elle gagnerait les enchères. Elle avait l'intention de s'y installer aussitôt que possible. Et peut-être qu'elle pourrait enfin recommencer à vivre.

CHAPITRE DEUX

L a grande terrasse de la Villa D'Este à Cernobbio débordait de monde, toute la haute société des alentours du lac de Côme. Les femmes étaient sublimes, les hommes élégants en costume de couturiers, et le champagne coulait à flots, dans une ambiance survoltée avant le début de la vente aux enchères.

Il n'y avait qu'un seul lot dans cette vente aux enchères et, en arrivant, Arturo était allé chercher le commissaire-priseur et lui avait serré la main. « Je suis vraiment impatient, Claudio. »

Le vieil homme acquiesça. « C'est un véritable événement, Signore Bachi. J'ai le sentiment que vous serez un homme très heureux d'ici la fin de la journée.

Alors qu'Arturo se dirigeait vers Peter, qu'il pouvait voir de l'autre côté de la pièce, il était fréquemment arrêté par des femmes attirantes et des hommes admiratifs, voulant tout capturer un peu de son attention. Au moment où il atteignit enfin Peter, qui levait les yeux au ciel et souriait, la confiance d'Arturo avait atteint son pic.

« Peter, mon ami, ceci est une bonne journée. »

« Quel optimisme, Turo, restons cependant prudent », déclara Peter, son stoïcisme canadien refaisant surface. Arturo sourit à son ami.

Ils avaient tout de suite eu un coup de foudre amicale, dès leur première rencontre, à Harvard. Ils avaient rapidement constaté qu'ils avaient le même sens de l'humour irrévérencieux. Peter avait adoré ses années d'université, Arturo avait Flavia et ils étaient tous les deux très heureux. Ce n'est qu'après le meurtre de Flavia que Peter avait montré son côté sérieux et loyal. Il n'avait pas quitté Arturo lors de l'enterrement et de l'enquête de meurtre qui avait suivi. Arturo avait été l'un des suspects de toute l'affaire. Heureusement pour lui, son alibi était solide. Il avait été retardé ce jour-là parce qu'il aidait une jeune mère à changer un pneu crevé sous une pluie battante. La femme était la fille du propriétaire du journal local et, quand Arturo avait été interrogé, elle s'était immédiatement fait connaitre pour confirmer son alibi.

Peter Armley avait un an de plus qu'Arturo et à près de quarante ans, il profitait allégrement de son célibat. Il menait sa vie amoureuse d'une façon totalement différente de celle d'Arturo. Il était pointilleux sur le choix de ses conquêtes et il les rappelait toujours, même si ce n'était que pour dire au revoir. Ce comportement lui donnait l'avantage d'avoir de très bonnes relations avec la plupart de ses ex. Il en avait même fréquenté un certain nombre, pendant de longues périodes. Peter mesurait plus d'un mètre quatre-vingt, et ses traits le faisaient facilement passer pour un citoyen romain. Son beau visage avait l'air d'être taillé dans le roc, mais quand il souriait, ses yeux bleus brillaient chaleureusement. Ses cheveux brun coupé court étaient toujours soignés et il faisait couper ses costumes à Saville Row.

En plus d'être beau, chaleureux et engageant, Peter était aussi un génie des mathématiques. Philipo l'avait recruté pour devenir le directeur financier de la société et pour s'occuper des finances d'Arturo. Arturo disait de son ami, pour le taquiner, qu'il était son « comptable », mais c'était vraiment grâce à la gestion des finances de Peter qu'Arturo était à la tête d'un tel empire.

« Écoute », déclara Arturo à son ami. « Je veux juste que tu saches que si tout se passe bien avec cette vente aux enchères, ce sera entièrement grâce à toi, Pete. Tu m'as sorti de la merde. Je t'aime mon frère. »

« Tu sais que je t'aime aussi. » Pete sourit et regarda sa montre. « Encore vingt minutes. »

Arturo acquiesça. « Je dois aller aux toilettes avant que ça commence. Je te laisse ma flute. »

Il entra dans la villa et trouva les toilettes au deuxième étage. Ici tout était plus calme, et Arturo se détendit quelques minutes avant le début de la vente aux enchères. En sortant des toilettes, il se dirigea vers les escaliers puis s'arrêta.

Au fond du couloir, une femme regardait par la fenêtre, à la vue de son profil, le cœur d'Arturo faillit s'arrêter. Ses longs cheveux noirs tombaient dans de douces vagues sur une seule de ses épaules. Elle avait l'air si triste qu'Arturo sentit sa poitrine se serrer durement. Sa ressemblance avec Flavia était si étrange que tout ce à quoi Arturo pensait, c'était de s'approcher d'elle pour lui parler.

Elle portait une robe blanche qui se terminait juste au-dessus du genou, la robe était taillée très près du corps, ses seins lourds, et pleins, la courbe douce de son ventre, ses longues jambes. Comme si elle avait senti le regard insistant d'Arturo se poser sur elle, elle leva soudain les yeux vers lui, et Arturo eut le souffle coupé devant la tristesse de ses beaux yeux noirs. Il voulait savoir ce qui pouvait bien rendre cette belle femme si malheureuse et ce qu'il devait faire, pour la voir sourire à nouveau.

« Buon giorno », dit-il doucement. Elle cligna des yeux, ces grands yeux de biche un peu surpris.

« Buon giorno. » Une voix douce aux accents américains. Ses lèvres étaient charnues, roses et légèrement séparées. Arturo sentit son corps réagir, le désir pour cette mystérieuse inconnue le surprit au creux du ventre.

Ils se fixèrent pendant un long moment avant qu'elle ne se détourne. « Scuzi. » Elle disparut dans l'hôtel et Arturo s'avança, prêt à la poursuivre, mais il entendit la voix de Peter dans les escaliers.

« Turo ? Ils sont prêts. Allons-y. »

Arturo hésita, son cœur battant toujours fort contre sa poitrine.

Mon Dieu... qui était cette magnifique créature ? Il devait savoir qui elle était.

« Turo ? Allons-y. L'hôtel Bachi nous attend. »

UNE DEMI-HEURE PLUS TARD, Arturo ne pensait plus à la belle femme, et toute sa bonne humeur s'était envolée. « Comment était-ce possible ? Comment une chose pareille avait pu arriver !? »

Il avait été surenchéri. Lui, Arturo Bachi, avait été surenchéri. L'appartement avait finalement été vendu, et pas à lui. Il pouvait sentir les regards de ses amis, de ses collègues et des investisseurs alors qu'il tentait de comprendre ce qui venait de se passer.

Les enchères avaient démarré comme prévu, à quelques centaines de milliers et avaient rapidement grimpé à près d'un million. Arturo avait jeté un regard suffisant à Peter, puis à George Galiano, qui avait levé son verre de champagne dans sa direction, dans un geste emphatique.

Puis tout avait déraillé. Juste au moment où le commissaire-priseur était sur le point de faire tomber le marteau, une nouvelle offre avait été lancée. Deux millions. Un silence avait traversé la foule. Arturo, choqué avait examiné les participants pour voir qui était le nouvel enchérisseur, mais il ou elle ne s'était pas fait connaitre.

« Deux millions cinq cents euros, » avait-il répondit.

Trois millions.

Peter l'air alarmé, avait secoué la tête vers Arturo. Le budget de l'appartement ne devait pas dépasser un million et demi et, dans tous les cas, l'appartement ne valait que le dixième de ce prix-là.

« Quatre millions », avait dit Arturo, et Peter avaient toussé nerveusement

« Turo, non. »

Cinq millions. La foule fut traversée par une autre onde de choc, et un bourdonnement d'étonnement. Peter attrapa le bras d'Arturo alors que le commissaire-priseur le regardait. « Signore Bachi ? »

« Arturo, si tu fais ça, ce sera sans moi. Je suis sérieux, je démissionne. Tu ne peux pas faire ça. C'est imprudent, et tu risques l'humiliation publique. Quel que soit cet enchérisseur... l'argent n'est clairement pas un problème pour lui. Laisse tomber. Nous réfléchirons à une alternative. »

Arturo regarda son ami avec impuissance. Peter ne plaisantait pas, mais c'était le rêve d'Arturo qui s'échappait.

« Signore Bachi ? »

Tout le monde le regardait. Les yeux de Peter étaient féroces, et finalement Arturo secoua la tête, le cœur brisé. « Non. »

La rumeur s'éleva de nouveau dans la foule présente, puis le marteau s'abattit. « Vendu pour cinq millions d'euros. »

« À qui ? »

« Oui à qui ? »

« Qui l'a acheté ? »

Les questions fusaient dans tous les sens. Le commissaire-priseur leva les mains. « Je suis désolé, mais l'acheteur désire rester anonyme. »

Arturo ressentit la colère le submerger. « Il ne restera pas anonyme longtemps », dit-il sombrement. Peter soupira, soulagé.

« Sortons d'ici, Turo. Viens, je te paie un verre. »

En sortant, et malgré sa colère, la pensée de la belle femme lui revint à l'esprit, et il regarda autour de lui, déçu de ne pas la trouver. Il sentait qu'il pourrait la baiser, maintenant, même habité par la colère.

En y réfléchissant, il se sentit un peu honteux. Non, elle n'était évidemment pas quelqu'un qu'il pourrait oublier le lendemain matin. Il avait ressenti pour elle quelque chose de plus que le désir. Il était comme happé par la profondeur de la tristesse de son beau visage qui était comme un écho à la sienne.

Il pensait toujours à elle alors qu'il embarquait dans la Lamborghini de Peter. Ils s'arrêtèrent dans le bar qui leur appartenait à Côme. Étrangement, sa colère s'était dissipée plus rapidement qu'il ne l'aurait imaginé.

Tout ce à quoi Arturo pensait, c'est qu'il devait la revoir... et vite. Il sentait qu'en ce jour, où tout n'avait été que déception, il avait besoin de la voir sourire.

CHAPITRE TROIS

L a main de Hero tremblait alors qu'elle signait les documents qui feraient d'elle la propriétaire de l'appartement de la Villa Patrizzi, pour cinq millions d'euros. Juste Ciel. Elle ne savait pas qu'elle aurait à débourser autant pour un appartement composé de quatre petites pièces. Mais plus les enchères montaient, plus elle avait cru impératif de sécuriser l'endroit de ses rêves. Elle ne pouvait pas se résoudre à perdre cette opportunité.

Et c'est à ce moment-là qu'elle avait compris contre qui elle misait. C'était lui. L'homme qu'elle avait vu en haut. L'homme dont la beauté avait enflammé son corps, et qui avait d'un seul regard, fait un naitre un désir incandescent. Ses yeux verts, dangereux et sensuels, ses boucles sombres… son corps incroyable dans ce costume exquis… *Seigneur* ! Lorsque leurs yeux s'étaient croisés, Hero n'avait pensé qu'à une seule chose : que ressentirait-elle s'il s'approchait, s'il la touchait, s'il la baisait là maintenant contre la fenêtre. Ella avait mouillé à la seule pensée de ce qu'il cachait sous ses vêtements.

Cette pensée lui fit soudain honte. Elle n'avait jamais rien ressenti de la sorte, même pas pour Tom. Elle avait aimé Tom de tout son cœur, mais ils avaient été meilleurs amis avant d'être amants.

Le plus absurde et le plus extraordinaire dans cette situation était le fait qu'elle savait qu'il avait ressenti la même chose qu'elle. Si elle lui avait dit les mots... *baise-moi*... elle savait sans l'ombre d'un doute qu'il n'aurait pas hésité.

Elle avait eu honte de ses sentiments, honte de ce sentiment de déloyauté à l'égard de la mémoire de Tom. Pour le punir, elle avait offert une somme ridicule pour lui arracher l'appartement qu'il convoitait tant.

Elle avait fini par remporter les enchères, au nez et à la barbe du bel italien. C'était au mieux une victoire à la Pyrrhus. Cinq millions d'euros faisaient un grand trou dans son patrimoine, et l'appartement n'en valait définitivement pas la peine.

Elle repoussa cette pensée en serrant la main du commissaire-priseur. « Serait-il possible que vous m'appeliez un taxi, s'il vous plait ? »

« Bien sûr madame. Veuillez-vous mettre à l'aise et attendre ici je m'occupe de tout. »

Hero se rassit et tenta de calmer ses mains tremblantes. Peut-être qu'elle pourrait se détendre en sortant manger ce soir, en allant se promener en ville, en se mêlant aux touristes, pour essayer d'avoir le sentiment d'être à nouveau un être humain. La paperasserie de l'appartement serait vite expédiée, maintenant, et elle pourrait emménager d'ici la fin de la semaine.

Non qu'elle ait eu autre chose que ses vêtements, ses fournitures d'art et ses livres. Elle devrait trouver un tourne-disque et des vinyles : Ella Fitzgerald, Billie Holiday, peut-être même Paolo Conti. Elle se voyait déjà, assise sur le balcon surplombant le lac, peignant ses aquarelles, écoutant Billie. Pour Hero, c'était son idée du paradis. Ses déjeuners se composeraient de pain frais, de fromage, de pêches sucrées et juteuses. Elle pouvait littéralement imaginer la fraicheur du vin blanc froid sur son palais. L'image était si séduisante qu'elle se sourit à elle-même et lorsque le commissaire-priseur vint lui dire que le taxi attendait, elle lui serra la main avec beaucoup plus d'enthousiasme qu'elle ne l'aurait pensé.

De retour à son hôtel, elle échangea sa robe moulante contre son uniforme habituel : un t-shirt gris chiné et un jean. Elle jeta un coup d'œil critique dans le long miroir, notant qu'elle devrait vraiment essayer de s'habiller mieux.

Tu es magnifique, peu importe ce que tu portes. Les mots de Tom lui revinrent.

Ses yeux se remplirent de larmes et elle les chassa avec impatience. Elle devait absolument arrêter de pleurer sur son sort. Elle voulait aller en ville, faire du lèche-vitrines ou peut-être même des achats. *J'ai une nouvelle maison, il est temps que j'apprenne à la connaitre.*

Elle attrapa son sac, et quitta la chambre d'hôtel.

IL ÉTAIT TARD lorsque Peter quitta Arturo au bar et rentra chez lui. Arturo, qui avait bu quelques vodkas, était assis à l'une des petites tables, fumant un cigare et observant les gens. Il observait les gens et ruminait sur le fiasco de cette journée. Peter avait dû fortement le dissuader de corrompre le commissaire-priseur pour savoir qui avait acheté l'appartement Villa Patrizzi.

« Mec, ne sois pas bête. Attends quelques semaines jusqu'à ce que la personne emménage, puis tu iras frapper à la porte.

« Et s'ils décident de ne pas vendre ? Et s'ils l'ont juste acheté pour me faire chier ? » Soudain, une idée traversa l'esprit d'Arturo « Putain, je parie que c'était George. »

Peter soupira. « N'essaye même pas, mec. Cette querelle que vous avez tous les deux… elle dure depuis déjà trop longtemps. »

Les yeux d'Arturo se rétrécirent. « Il a baisé Flavia, Pete. Il a baisé ma copine puis m'en a parlé après qu'elle ait été assassinée. »

Peter acquiesça, ses yeux bleus sérieux. « Je sais, Turo. Mais… nous avons tous perdu Flav aussi. Tu savais qu'il avait des sentiments pour elle, et honnêtement, tu dois l'admettre, tu adorais te pavaner devant lui. »

Arturo détourna les yeux de son ami. « J'étais jeune et stupide. »

« Et il l'était aussi. »

Arturo secoua la tête. « C'était il y a une éternité, Pete. Mais pourquoi me le dire ? J'avais déjà l'image de Flavia, morte, déchiquetée, pourquoi souiller l'image que j'avais d'elle ? » L'effet de l'alcool rendait les choses encore plus tristes.

« Turo, arrête », prévint Peter. « Oublie cela. George n'a pas acheté l'appartement. Je l'ai vu partir avant le début de la vente aux enchères. »

Arturo soupira. « Bien. Mais il aurait pu le faire à travers quel-qu'un... » Le regard sombre de son ami finit par le calmer un peu. « OK, j'arrête. »

Peter regarda sa montre. « Mec, je dois y aller. On se verra dans la matinée. Histoire de savoir comment arranger cette situation. »

Arturo se leva de la table, laissant derrière lui la somme néces-saire pour les boissons qu'il avait consommées. Il erra sans but dans les rues pendant un moment, mais alors qu'il se dirigeait dans une allée pour retrouver sa voiture, il aperçut une femme qui marchait devant lui. Il apprécia le balancement de ses hanches, la courbe de sa taille, son cul rond et parfait. Elle ne portait qu'un t-shirt gris et un jean, mais sa façon de bouger...

Elle s'arrêta et se retourna pour regarder dans une vitrine lumi-neuse et Arturo sentit son pouls s'accélérer lorsqu'il vit son profil.

C'était elle. La femme de la Villa D'Este. Un instant, il la regarda. Mon Dieu, elle était belle, douloureusement, magnifique. Il marchait derrière elle et croisa son regard dans le reflet de la fenêtre. Il y avait tellement de choses à lire dans ses beaux yeux : tristesse, résignation, chaleur.

Ils restèrent tous deux silencieux un long moment. Puis Arturo s'approcha, passa une main autour de sa taille et de ses doigts, caressa son ventre à travers son t-shirt. Ses yeux s'écarquillèrent et il s'arrêta, se demandant s'il avait mal interprété les signaux qu'elle lui avait envoyés. Mais, elle se pencha sur son corps et elle glissa pour caresser sa queue à travers son pantalon. Arturo gémit et la pressa plus intimement. Il balaya ses cheveux d'un côté et posa ses lèvres sur son cou.

Elle se retourna dans ses bras et le regarda, ses yeux méfiants pleins de désir. Il lui caressa la joue avec son pouce. « Bonsoir, je m'appelle... — »

Elle l'interrompit avec une pression rapide et dure de ses lèvres sur les siennes.

« Pas de noms. » Sa voix était un murmure bas et bourru, mais elle faisait vibrer son corps. Il acquiesça et lui tendit la main. Elle la prit, hésitant un peu et lentement, il la ramena à sa voiture. Il se tourna vers elle cherchant son approbation. « Oui ? »

Elle hocha la tête et il ouvrit la porte du passager pour elle. Qu'est-ce que tu fais mec ? Tu ne connais même pas son nom ! Mais il fit taire la voix de la raison et se glissa sur le siège du conducteur. Il passa doucement une mèche de ses cheveux sur son oreille. « As-tu la moindre idée de ce que nous allons faire ? »

Et elle sourit. Enfin, elle lui fit un sourire. Petit, hésitant, mais un sourire quand même. Il ne pouvait détacher ses yeux de son visage exquis. Il se pencha pour l'embrasser à nouveau, s'attardant langoureusement avant de démarrer la voiture et se dirigeant vers sa villa.

CHAPITRE QUATRE

H ero, pour la deuxième fois de la journée, ne pouvait s'arrêter de trembler. *Qu'est-ce que t'es en train de faire ?* Elle se posait la question encore et encore. Son corps était saturé de tant de sentiments contradictoires, mais aucun n'était aussi fort que le besoin qu'elle avait de baiser cet homme. Quand il était apparu derrière elle et qu'elle avait vu ses yeux scruter son visage dans son reflet, elle avait su ce qui se passerait.

Il avait ensuite touché son ventre - comment diable savait-il que c'était sa zone érogène la plus sensible ? Elle était perdue. Ses lèvres étaient contre son cou et elle eut le soudain désir de le toucher. Sa queue, qu'elle avait touchée quelques instants plus tôt, était brulante, épaisse et longue à travers son pantalon, et Hero tremblait de désir.

Et alors qu'il remontait l'allée qui menait à sa villa, en voiture, rien d'autre ne comptait que l'homme à côté d'elle et la façon dont il la tenait par la main alors qu'ils entraient dans le vaste manoir. Ils prirent directement l'escalier menant à sa chambre. Quand il la toucha de nouveau, l'attirant dans ses bras et l'embrassant si passionnément, son corps se mit à flotter.

« Je vais te baiser tellement fort, ma belle. » Sa voix profonde et mélodieuse lui envoya des frissons. Cet homme était le sexe à l'état pur.

« Je ne peux pas attendre une seconde de plus, baise-moi maintenant. » Dit-elle à bout de souffle, et il sourit, triomphant. Il tira son t-shirt par-dessus sa tête et libéra rapidement ses seins de son soutien-gorge, prenant son mamelon dans sa bouche et tétant si fort qu'elle pensa qu'elle allait s'évanouir de plaisir.

Ne s'arrêtant que pour enlever son jean et sa culotte il la déposer sur le lit. L'homme se déshabilla rapidement. Hero ne pouvait pas quitter son corps des yeux : Ses pectoraux étaient durs, son ventre plat et son sexe, si épais et fier contre son ventre.

Il souriait devant son admiration, il attrapa sa queue. « Je suis tout à toi ma jolie. Écarte-moi ces belles jambes et laisse-moi voir ta délicieuse chatte. »

Hero fit ce qu'il demandait et, avec un gémissement, il tomba entre ses genoux et enfouit son visage dans son sexe, la léchant et la taquinant, du bout de sa langue. Il enroula alors celle-ci autour de son clitoris jusqu'à ce qu'il devienne très dur, puis il plongea sa langue profondément dans sa chatte jusqu'à ce qu'elle pleure de plaisir.

Il la porta jusqu'à l'orgasme, puis glissa un préservatif sur sa queue, il couvrit son corps du sien et enfonça la longueur de son sexe profondément en elle, la faisant crier. Il plaqua ses mains sur le lit, ses yeux ne quittant jamais les siens. *« Cosi bella, così bella... »* *Si belle.*

Il y avait tellement d'émotions dans ses yeux tandis qu'ils faisaient l'amour que Hero avait l'impression d'être une étrangère dans son propre corps, comme si elle était faite pour rencontrer cet homme, faire l'amour avec lui, être ici ce soir et passer cette nuit avec lui.

L'orgasme la prit violemment et elle se cambra, pressant son ventre contre le sien, ses seins contre sa poitrine. L'homme enfouit son visage dans son cou, l'embrassant, suçant, mordant sa peau alors qu'il gémissait à son comble, et elle frissonna en le sentant jouir à son tour. Ses lèvres traînèrent dans son dos. « Excuse-moi un instant, *bella.* »

Elle l'entendit aller dans la salle de bain, visiblement s'occuper de son préservatif, et elle resta étendue, les yeux fermés, laissant son corps récupérer. Elle avait la sensation que sa peau était en feu et quand il revint se coucher, la sensation de ses doigts caressant son nombril la fit frissonner encore plus fort.

Arturo rit sous cape. « Tu as un très joli ventre, très sensible aussi. » Il glissa son pouce dans sa chatte profonde et commença à la doigter doucement la faisant gémir de plaisir. Il rigola quand elle eut un autre orgasme, soupirant et riant doucement.

« Mon Dieu, ce que tu me fais... » Ses yeux brillaient et il fut heureux de voir que leur tristesse s'était atténuée.

« Dis-moi ton nom, ma douce. »

Mais elle secoua la tête. « Pas de noms. C'est mieux comme ça. »

« Alors, appelons-nous... » Il chercha deux noms, puis repéra le livre sur sa table de nuit. « Béatrice et Benoît. De *Beaucoup de bruit pour rien*. »

Il fut surpris quand son visage devint rouge. « Quoi ? »

« Rien. Tu aimes Shakespeare ?

Il acquiesça. "Beaucoup, et toi ?"

"J'adore. Je l'ai étudié à la fac, mais je dois dire que je préfère les écrivains plus modernes."

Arturo sourit. "Tel que ?"

"McCarthy, Angelou, Arundhati Roy. Haruki Murakami. »

Arturo sourit. « Je suis aussi un fan de Murakami. Ton livre préféré ? »

« Kafka sur le rivage. »

« Pareil. »

Elle avait l'air sceptique et il leva les mains. « Je te le jure, *principessa*. »

« Je vais te croire. » Ils se regardèrent pendant un long moment, puis elle leva la main vers son visage et prit sa joue en coupe. « Tu es vraiment très beau. »

Arturo sourit, inclinant la tête. « Je te remercie. »

Elle rit devant son excès de confiance. « J'avais oublié que les Italiens n'avaient aucune fausse modestie »

Arturo se cala sur son coude à côté d'elle. « Oublié ? Tu ne vis pas ici ?

"Pas depuis longtemps. Je viens de déménager ici. Je suis né ici, mais j'ai passé la plus grande partie de ma vie aux États-Unis. »

« Où ? »

« Chicago. »

Il lui sourit. « C'est une belle ville. » Mais il remarqua que la tristesse refaisait surface dans ses yeux. Il pencha la tête et l'embrassa. « Que se passe-t-il ma douce ? Pourquoi as-tu l'air si triste ? Quelle est cette douleur ? »

Elle le fixa pendant un long moment puis s'assit. « Je dois y aller. » Elle attrapa ses vêtements et commença à les enfiler.

Arturo était stupéfait par le changement soudain d'atmosphère. « Ai-je dit quelque chose de mal ? Ou fais quelque chose qui t'a déplu ? »

Elle secoua la tête, au bord des larmes. « Non. » Elle s'arrêta, hésita puis appuya ses lèvres sur les siennes pendant une seconde. « Tu as été parfait », murmura-t-elle, posant son front contre le sien, fermant les yeux. « C'est pourquoi je dois y aller. »

Il sentit ses larmes sur sa joue et lui prit le visage entre ses mains. « Ne pars pas. Reste. Reste avec moi. »

Elle secoua la tête. « Je ne peux pas. »

Arturo ressentit une douleur dans la poitrine. Il ne voulait pas que cette nuit se termine, il ne voulait pas qu'elle s'éloigne de lui. « Au moins, laisse-moi te ramener à la maison. »

Elle hésita, ces yeux marron foncé méfiants, puis acquiesça. « Je te remercie. »

ILS NE PARLÈRENT PAS ALORS qu'il la reconduisait à son hôtel, mais Arturo lui tenait la main et elle le laissait faire. À son hôtel, il l'accompagna jusqu'à la porte. « Puis-je t'appeler ? »

« Je ne pense pas que ce soit une bonne idée. Ce soir a été... une révélation. J'aimerais que cela demeure ainsi, gardons ce souvenir parfait tel qu'il est. »

Malheureux, il la prit dans ses bras et l'embrassa. « Je ne t'oublierai jamais. Si tu changes d'avis... je m'appelle Arturo Bachi. Tout le monde ici me connaît. Tu n'auras qu'à m'appeler. »

Elle l'embrassa à nouveau, s'attardant comme pour mémoriser la sensation de ses lèvres contre les siennes. "Au revoir, Arturo Bachi. Je ne t'oublierai jamais non plus. »

À contrecœur, il la laissa partir, la regardant entrer dans l'hôtel et sortir de sa vie. Il remonta dans la voiture et se sentit complètement démuni, allant même jusqu'à avoir l'impression d'avoir un peu le cœur brisé. Elle était la femme la plus étonnante et sensuelle, qu'il ait jamais connu, et il voulait tout savoir d'elle. Il détestait devoir la laisser partir. Il ne s'était pas senti comme ça depuis Flavia... et peut-être même qu'il ne s'était tout simplement jamais senti ainsi. La culpabilité s'insinua en lui, mais il ne pouvait pas nier ses sentiments. Cette femme incroyable, sa « Béatrice » avait réveillé quelque chose en lui qu'il pensait n'avoir jamais ressenti auparavant.

Arturo se secoua et démarra la voiture. Alors qu'il s'éloignait de l'hôtel, chaque mètre il s'éloignait d'elle le blessait encore un peu plus. Mais elle avait été claire, elle ne voulait rien de plus.

« Merde », dit-il misérablement, et il appuya fortement sur l'accélérateur.

IL AVAIT VU la fille à la vente à la vente aux enchères et il en avait eu le souffle coupé. Il avait cru halluciner un moment. Flavia... mais non, cette fille était petite et pleine de courbes, alors que Flavia était grande et mince et bien qu'il déteste l'admettre, cette fille était encore plus belle que Flavia.

Il avait été absorbé par la vente aux enchères à ce moment-là et ne l'avait pas vue filer. Quelle surprise de la retrouver de nouveau après avoir suivi Arturo dans les rues de la ville.

Après avoir suivi la Mercedes d'Arturo, il les avait regardés entrer dans la villa Bachi, et la lumière de la chambre à coucher d'Arturo s'allumer. Ils étaient en train de baiser. Bien sûr qu'ils étaient en train de baiser. Il n'y avait pas une femme à Côme qu'Arturo n'avait pas baisée, pourquoi serait-ce différent avec cette fille ?

Elle était clairement une nouvelle venue en ville. Il le devinait à la façon dont elle marchait dans la ville, étudiant tout comme si tout était nouveau. Il se demanda si elle rendait visite a de la famille ou à des amis proches. Quand Arturo l'avait ramenée à son hôtel, il l'avait suivie et l'avait entendue demander à la réceptionniste la clé de la chambre 45.

Chambre 45. C'était bon à savoir. Il se demanda combien de temps elle allait rester, combien de temps il allait avoir pour mener à bien son plan.

Il avait tellement envie de savoir le visage d'Arturo se désintégrer quand il découvrirait que sa belle d'une nuit était morte. Il voulait voir son chagrin quand on lui dirait qu'elle avait été tuée exactement de la même manière que sa bien-aimée Flavia, vingt ans plus tôt.

CHAPITRE CINQ

« O ù *diable* étais-tu ? » La voix déjà stridente d'Imelda résonna dans le haut-parleur de la chambre de Hero, qui leva les yeux au ciel en s'habillant.

« Qu'est-ce que ça peut bien te faire, Melly ? Tu m'as demandé toi-même de partir. »

« Je ne le pensais pas, tu le sais. Seigneur, Hero, tout le monde était malade d'inquiétude. »

Hero dû hausser la voix pour se faire entendre d'Imelda. « Je suis en Italie. Sur le Lac de Côme. »

Il y eut une pause au bout de la ligne et quand Imelda parla de nouveau, sa voix était plus calme. « D'accord. »

« Je fais ce que tu m'as conseillé, c'est à dire devenir « sauvage » comme Reese Witherspoon, mais au lieu de faire de la randonnée, je traîne avec les Clooneys. Satisfaite ? »

« Tu as rencontré George et Amal ? »

« Mais non idiote, je plaisante. J'ai choisi un endroit sur la carte, et j'ai atterri ici. J'ai acheté un appartement. »

« Quoi ? »

Hero était satisfaite de la réponse stupéfaite de sa sœur. « Dis-moi que c'est une blague, Hero. S'il te plait, dis-moi que tu plaisantes. »

« Arrête de déconner, Hero. Tu as vraiment acheté une maison, tu es en train de te foutre de moi ? »

Hero soupira. « Non, je l'ai vraiment fait. Je pense que j'ai énervé un mec super friqué qui le voulait aussi. Un mec friqué dont la bite m'a baisée dans son lit la nuit dernière et dont je n'arrive pas à oublier les baisers ravageurs. »

Encore une fois, Imelda resta silencieuse. Hero, qui enfilait ses chaussettes, entendit le souffle de sa sœur. « Mel ? »

« Écoute », la voix de sa sœur était plus douce maintenant, « c'est très positif. Si tu as acheté un appartement, pour faire ton nid. Que vas-tu faire là-bas ? »

« Lire, écrire, peindre, apprécier la vue, manger tout ce dont j'ai envie, devenir aussi grosse que possible. »

« Que de bonnes choses, donc. »

Hero haussa les sourcils. D'habitude, Mel ne manquait jamais une occasion de faire remarquer à Hero quand elle avait pris quelques kilos. Elle était la première à la traîner à la salle de sport. « Fais attention aux glucides, Mel. »

« Je sais que tu essayes juste de me rendre folle, mais sérieusement, je pense que ça te fera du bien. »

Il eut un autre long silence. « Tu sais que tu pourras toujours venir me rendre visite, Melly. »

Hero attendit la réponse de sa sœur et fut surpris quand elle dit : « Tu sais quoi, Hero ? Ce n'est pas une si mauvaise idée, en fin de compte. »

Hero était abasourdie. Elle et Imelda n'avaient jamais été très proches, elles n'étaient pas le genre de frères et sœurs adoptifs qui s'étreignaient ou se rendaient régulièrement visite. Les visites d'Imelda avaient été encore moins nombreuses depuis la mort de Beth, même si elle avait toujours essayé de parler à Hero au téléphone aussi régulièrement que possible. Hero sentait à présent un changement étrange dans leur relation.

"Tu seras toujours la bienvenue, Melly. Toujours. »

Sa sœur se racla la gorge. « Je t'appellerai bientôt. Ne disparais plus. »

Elle mit fin à la conversation abruptement. « Au revoir à toi aussi. » Hero rangea son téléphone dans son sac. Elle avait décidé de passer toute la journée dehors, simplement parce qu'elle était terrifiée de voir Arturo Bachi débarquer à l'hôtel pour la retrouver, elle savait qu'elle n'aurait pas la force de lui résister.

Elle ferma les yeux et rejoua les scènes de la nuit précédente dans sa tête : ses mains sur son corps, ses lèvres sur sa peau, son énorme queue s'enfonçant toujours plus profondément à l'intérieur d'elle... elle frissonna de plaisir. Cet homme était clairement un expert au lit. Il savait exactement ce qu'elle aimait sans même demander, il avait entièrement pris le contrôle de son corps. Elle pourrait se perdre dans ses yeux...

Elle devait arrêter de se faire du mal. Elle ouvrit les yeux et prit une profonde inspiration, repoussant toutes les pensées d'Arturo qui venaient la perturber. Elle connaissait le genre d'hommes qu'il était. Arrogant, riche, qui pensait pouvoir acheter tout ce qu'il voulait. Oui, il la voulait clairement, et oui, il l'avait eue, mais seulement parce qu'elle l'avait voulu aussi, au moins pour une nuit.

Ses boucles sauvages et sombres, son corps dur...

Impossible de ne pas laisser ses pensées vagabonder. Elle savait cependant qu'à la minute où il découvrirait que c'est à cause d'elle que son appartement lui était passe sous le nez, lors de la vente aux enchères, il aurait certainement perdu tout désir d'être amical avec elle.

Hero enfila ses Converses, attrapa son sac à main, et saisit la clé de la chambre. Elle voulait partir à l'assaut de la ville pour se trouver du matériel d'artiste et chiner des meubles pour l'appartement.

Elle voulait surtout ne pas penser à Arturo Bachi une seconde de plus. Elle devait à tout prix cesser de le faire. Elle en avait assez de voir les images de son corps nu défiler dans sa tête...

ARTURO AVAIT la tête dans les nuages alors qu'il était censé participer à une réunion avec Peter et les membres de son conseil d'administration. Il n'arrêtait pas de penser à la douceur de ses cheveux, à ses lèvres roses, au parfum frais de sa peau, au goût de son clitoris dans sa bouche...

Peter le poussa du coude. « Turo ? Qu'est-ce que tu en penses ? »

« De quoi ? »

Peter lui lança un regard noir. « Ludo vient de faire une proposition. »

Arturo s'excusa auprès du vieil homme. « Ludo, pardonne-moi, je suis désolé. Quelle était la question ? »

Ludo, un vieil ami du père d'Arturo, lui sourit gentiment. « Je parlais de l'hôtel. Je propose de rénover les appartements de la Villa Patrizzi, puis de les vendre séparément. Nous devrions pouvoir faire des bénéfices, et ensuite nous pourrons les utiliser pour chercher un autre bien pour en faire un hôtel. »

Arturo secoua la tête. « Non. Je veux le Patrizzi. Nous devons avoir cet appartement. »

Peter soupira. "Turo... nous n'avons tout simplement pas le budget pour faire une offre à l'acheteur."

« *Mio Dio* ! » S'exclama Arturo avec frustration. "Ce ne sont que cinq millions d'euros ! Je les paierais de ma poche s'il faut. »

« Non. »

Arturo plissa les yeux en regardant son meilleur ami. « Et comment comptes-tu m'arrêter ? »

Peter croisa le regard de son ami. « Je ne compte pas le faire. Mais si cela se produit... je ne resterais pas pour te voir tout gâcher. Turo, je suis sincère. Ce n'est pas l'accord que nous avions avec le conglomérat. Nous avons tous mis la même somme d'argent, nous prenons tous les mêmes risques, nous récoltons tous les mêmes gains. Cet accord est étanche. Cinq millions pour un appartement c'est de la folie, et nous n'avons pas à faire la même erreur que cet acheteur. Ce que Ludo propose est la meilleure voie à suivre. »

Arturo s'assit en silence avant de jeter un coup d'œil autour de la pièce. Il savait que les autres étaient d'accord avec Peter et il savait que son meilleur ami avait raison. Encore...

« Bien. Je vais commencer la recherche de nouveaux locaux. »

Il vit Peter se détendre visiblement. *Bien. Le laisser penser qu'il a gagné.*

Mais Arturo savait que la Villa Patrizzi serait un jour le site de son hôtel de rêve. Si l'acheteur de l'appartement ne voulait pas lui vendre, il trouverait un autre moyen de le forcer à vendre ou à quitter les lieux.

Arturo cacha un sourire. Il allait faire de leur vie un enfer - avec l'aide de ses partenaires commerciaux, qu'ils le sachent ou non.

HERO SAVAIT que l'homme la regardait alors qu'elle était assise à l'extérieur du café. Elle lui jeta un coup d'œil et il lui sourit, amical et chaleureux. Elle détourna les yeux, puis soupira en le voyant du coin de l'œil, se leva pour l'approcher.

Elle n'avait pas du tout envie d'engager la conversation avec qui que ce soit.

Mais elle était polie avant tout et quand il fut à ses côtés, elle leva les yeux et lui fit un grand sourire. « Bonjour. »

« *Buon Giorno, Signorina*. George Galiano. »

Elle serra la main offerte. « Hero Donati. »

George indiqua l'autre siège à sa table. « Puis-je m'asseoir un instant ? »

Hero étouffa un soupir et acquiesça. « Bien-sûr. »

Il était grand, pas aussi grand qu'Arturo, mais il avait de larges épaules et la taille fine. Ses cheveux bruns étaient courts et élégamment coiffés, sa barbe était soigneusement taillée. Ses yeux marron foncé scrutèrent les siens. « J'espère que vous me pardonnerez de m'imposer, mais je vous ai vue à la vente aux enchères hier. Pour l'appartement Patrizzi ? »

« Oui, j'étais là. »

George rit doucement. « C'était magnifique. Cet appartement devait revenir à Arturo Bachi. Nous nous attendions tous à ce que la vente se déroule de cette façon-là, mais un mystérieux acheteur a raflé la mise au dernier moment. Après la vente aux enchères, je vous ai vu entrer dans le bureau du commissaire-priseur. C'était une coïncidence, n'est-ce pas ? »

Hero sirotait son café. « M. Galiano, avez-vous une question à me poser ?

« Avez-vous acheté l'appartement ? »

« Oui. » Elle avait du mal à voir en quoi cela le regardait, mais elle n'allait pas mentir.

Le beau visage de George se fendit d'un large sourire. « Dans ce cas-là mademoiselle Donati, je vous dois un verre. »

Elle fut étonnée de sa réponse. « Je suppose donc que vous et M. Bachi n'êtes pas amis. »

« Plus depuis longtemps. Excusez-moi. » Il s'adressa au serveur. « Pouvons-nous avoir du champagne ? »

GEORGE GALIANO ÉTAIT CHARMANT, certes, cependant Hero n'avait aucune confiance en lui. Mais il était agréable à regarder, et pas de mauvaise compagnie. Elle découvrit toutefois que sa rancœur envers Arturo était profonde.

« Nous étions amis, lui dit-il, il y a longtemps. » Il soupira, à regret. « Nous étions tous deux amoureux de la même femme, et cela ne s'est bien terminé pour aucun d'entre nous. »

« Et donc maintenant, vous vous détestez ? »

« Ce n'est pas vraiment de la détestation de ma part. Trop de choses se sont passées entre nous pour que nous revenions en arrière. »

Hero se sentait un peu mal à l'aise. « Mais vous êtes content qu'il n'ait pas réussi à acheter l'appartement ? »

« Je suis peut-être mesquin, mais oui. Arturo a trop d'influence dans cette ville depuis trop longtemps. Il était temps que le karma le lui rappelle. »

« Ce n'est pas pour cela que j'ai acheté l'appartement. Je ne savais pas qu'Arturo Bachi existait même avant-hier. » Elle n'en avait que trop conscience depuis la veille au soir...

Elle étouffa rapidement un rire nerveux. George ne sembla pas le remarquer. « Alors, vous allez vous installer dans notre belle ville ? » Demanda-t-il.

« Autant que je sache, oui. »

Il lui sourit. « Alors peut-être me permettrez-vous de vous la faire visiter dans un futur proche ? »

Hero hésita puis acquiesça. « Peut-être. »

« Bien. » Il vida sa coupe de champagne, attrapa sa main sur le dos de laquelle il déposa un baiser furtif. « Si vous voulez bien m'excuser, belle demoiselle, je dois me rendre à une réunion. C'était un plaisir de vous rencontrer. »

« Egalement. »

Hero le regarda s'éloigner, rentrer dans une Bentley chromée. Une voiture très *tape-à-l'œil*. Elle était confortée dans la première impression qu'elle avait eue de lui. Bien qu'Arturo ait également affiché sa richesse, Hero avait l'impression qu'il était un peu moins ostentatoire.

Elle soupira. Pourquoi faisait-elle des comparaisons ? Elle n'avait pas l'intention de s'impliquer avec aucun des deux hommes. Elle finit son café, laissa sa coupe de champagne intact sur la table et se leva pour se promener dans la ville.

Elle n'avait aucune idée de l'effet qu'elle pouvait avoir sur les hommes, comprit-il. Il marchait à quelques mètres derrière elle et d'autres personnes marchaient entre eux, mais il pouvait voir les têtes d'hommes se retourner quand elle passait. Elle avait tiré ses longs cheveux en chignon en bataille au niveau de la nuque et elle portait un t-shirt effiloché et un jean bleu qui suivait la forme de ses hanches et de ses jambes galbées. Elle était magnifique.

Flavia aussi était tout aussi belle, mais beaucoup plus jeune - elle n'avait que dix-huit ans quand il l'avait tuée.

Il se souvenait encore du déroulement de cette nuit-là comme si c'était hier. De la manière dont il avait tout parfaitement planifié. C'était au cours d'une soirée costumée à la Villa Charlotte. Elle avait accepté de le rencontrer à la porte menant au lac. Elle était habillée en nymphe des bois, sa robe flottant autour d'elle et sa beauté rehaussée par le clair de lune. Le « O » parfait de sa bouche alors qu'il avait glissé le couteau en elle. L'horreur et la douleur de ses yeux. Il l'avait tenu contre lui, alors qu'elle se vidait de son sang.

Chut, ma jolie, chut. Tout est fini maintenant...

Elle n'avait pas parlé, mais il pouvait voir l'expression étonnée de son visage

Parce que tu l'aimais...

Ses yeux s'étaient fermés pour la dernière fois alors que son corps exsangue gisait dans ses bras. Il l'avait tranquillement laissée dériver sur le lac, telle Ophélie : son corps était trempé de son sang, ses cheveux flottant autour de sa tête.

Bon sang. Sa queue était à nouveau dure. *Contrôle toi*, s'ordonna-t-il. Cela faisait vingt qu'il s'était occupé de Flavia, et il devait absolument rappeler à Arturo Bachi que, chaque fois qu'il oserait tomber amoureux, il perdrait tout. Il répèterait cela aussi longtemps qu'il faudrait pour qu'il comprenne le message.

Il ne savait pas si Arturo tomberait amoureux de cette nouvelle fille, mais il y avait indéniablement quelque chose de différent à propos de cette femme. Il espérait qu'Arturo tomberait amoureux d'elle.

Parce que la tuer serait alors tellement plus satisfaisant.

6

CHAPITRE SIX

Alors qu'elle se séchait après sa douche, Hero entendit un léger coup à la porte et sut instinctivement qui c'était. Elle avait encore imaginé son corps tandis qu'elle se tenait dans la chaleur étouffante de sa douche, imaginant son corps dur et nu contre le sien...

Enroulant la serviette autour d'elle, elle se dirigea vers la porte et demanda : « Qui est-ce ? »

« Arturo, principessa. Pardonne-moi. Je n'ai pas réussi à t'oublier. »

Souriant, Hero ouvrit la porte et leva les yeux vers lui. « Re bonjour. » Il portait un pull bleu marine et un jean bleu ce qui le rajeunissait, lui donnant un air presque adolescent.

Pendant une seconde, elle le regarda fixement, puis s'effaça pour le laisser entrer. Lorsqu'il passa devant elle, elle ferma la porte derrière lui puis laissa délibérément sa serviette tomber sur le sol. Arturo gémit.

« *Bellissimo*... » Il se laissa tomber à genoux et saisit ses hanches, la tirant vers lui, et Hero se laissa volontiers faire. « *Bella, Bella, Bella*. »

Sa voix basse résonna contre son clitoris et elle gémit doucement lorsque sa langue se mit à tourner autour. Il y avait quelque chose de si érotique à être nue alors qu'il était encore habillé. Arturo la poussa sur le lit, saisit ses chevilles pour les accrocher à ses épaules, et prit son temps pour la lécher. Ses doigts mordaient dans la chair de ses cuisses, sa langue implacable alors qu'il la menait à l'orgasme, la laissant hors d'haleine.

Sa bouche remonta pour trouver ses mamelons alors qu'il descendait sa braguette. Elle l'aida à libérer sa queue en le caressant frénétiquement avant de le guider à l'intérieur d'elle. Elle avait tellement envie de lui. Elle s'accrochait à lui alors qu'ils baisaient, chacun poussant plus fort et plus férocement. Ils se griffaient l'un l'autre comme des animaux, le lit tanguait sous leurs mouvements, la tête de lit frappant sans répit au mur, mais ils s'en foutaient.

Le besoin qu'ils avaient l'un de l'autre était sauvage. Arturo la baisa tellement fort qu'il lui donna l'orgasme le plus glorieux de sa vie et Hero cria son nom, encore et encore, délirant de plaisir. Il la baisa de nouveau sur le sol, puis une fois de plus dans la douche et quand il jouit, il pompa son sperme épais en elle et elle se cambra en arrière, appuyant ses seins contre sa poitrine.

Ils ne parlèrent pas. Ils firent l'amour jusqu'aux premières lueurs de l'aube, il après l'avoir embrassée, il la laissa épuisée, mais satisfaite. Elle faillit lui demander de rester, mais elle se retint, sachant que c'était une erreur.

Pourtant, quand il pressa ses lèvres contre les siennes et murmura : « Demain ? », elle hocha la tête, sachant qu'elle ne saurait lui résister.

Ce n'est que plus tard, quand elle fut seule, qu'elle comprit qu'ils avaient oublié d'utiliser un préservatif.

ARTURO RENTRA chez lui en souriant. Dieu, qu'elle était enivrante ! Il connaissait à présent son nom. *Hero.* Hero Donati. Pas étonnant qu'elle ait été amusée, lorsqu'il leur avait choisi des pseudonymes tirés de « Beaucoup de bruit pour rien ». Il détestait l'idée de la laisser à l'hôtel. Il la voulait dans son lit, mais il savait qu'il devait faire attention de ne pas l'effrayer. Il savait qu'elle risquait de le fuir s'il était trop insistant.

Rentré chez lui, il ouvrit son ordinateur portable et tapa son nom dans le moteur de recherche. Sans aucun résultat. Il ajouta Chicago et appuya sur Entrée. Il aurait complètement manqué l'article s'il n'avait pas fait défiler la page. Il découvrit un avis de décès.

THOMAS ET BETH LAMBERT, époux bien-aimé et fille de Hero D. Lambert. Les funérailles auront lieu à Sainte Marie du Sacré-Cœur, le jeudi 5 janvier. Pas de fleurs, s'il vous plait. Dons à l'hôpital pour enfants de Chicago.

ARTURO DEMEURA PÉTRIFIÉ devant l'horreur de ce qu'il lisait. Elle était mariée ? Elle avait un enfant ? Sous le choc, il chercha plus loin jusqu'à trouver l'article de journal.

UN PÈRE *et sa fille tués dans horrible accident de voiture.*

CHICAGO : *un père et sa fille ont été tués la veille de Noël quand un conducteur ivre s'est écrasé contre leur Toyota sous la neige épaisse à Kenosha. Thomas Lambert, 30 ans, instituteur, et sa fille Beth, âgée de trois ans, ont été mortellement blessés. L'enfant a été déclaré mort sur les lieux. M. et Mme Lambert ont été transportés à l'hôpital le plus proche où M. Lambert est décédé cinq jours après l'accident. Son épouse, Hero Lambert, 26 ans, est dans le coma dans un état critique. Le taux d'alcoolémie du conducteur était cinq fois supérieur à la limite légale.*

Un conducteur ivre. En une seconde, la vie de Hero avait été détruite. Arturo se sentait malade et un peu coupable d'avoir envahi sa vie privée. Si elle avait voulu qu'il sache...

Non. Il n'avait pas l'intention de lui dire qu'il savait, c'est ce qu'il pouvait faire de mieux pour le moment. Si son plan pour la séduire fonctionnait, il attendrait qu'elle lui dise quand elle serait prête.

Il ferma les yeux. La pensée de Hero, couchée dans la carcasse d'une voiture, appelant son mari mort, et sa fille chérie, lui faisait mal à la poitrine.

Elle ressemble tellement à Flavia...Est-ce que c'est pour ça ? Il secoua la tête en soupirant et referma l'ordinateur. Comparer les deux femmes n'allait pas arranger les choses.

Il alla se coucher dans l'espoir de dormir quelques heures avant d'aller au travail, mais ses rêves furent troublés par l'image du cadavre de Flavia flottant loin de lui et par la mort de Hero, son adorable Hero, poignardée à mort devant lui par le tueur de Flavia.

DE MAUVAISE HUMEUR à cause de ses cauchemars, Arturo entra dans son bureau, parcourant le couloir derrière le bureau de son assistant sans rien dire.

« Peter a appelé. » Dis Marcella en le suivant dans son bureau, ignorant son humeur. « Il a trouvé quelques options prometteuses pour le nouvel hôtel. Il veut savoir si tu veux remettre les appartements Patrizzi directement sur le marché tels quels ou poursuivre les rénovations. »

Arturo s'assit lourdement sur sa chaise. « Dis à Pete de m'appeler, s'il te plait. J'aimerais rénover tout l'endroit. Ça devrait produire quelques profits. »

« Je te remercie. Au fait... bonjour.

Arturo leva les yeux et lui fit un sourire un peu navre. « Bonjour Marcella.

« Grincheux. »

« Tu es virée. »

Marcella sourit. « Un café ? »

« Oui s'il te plait. »

« Ça tombe bien, parce que tu sais où se trouve la machine. »

Arturo se mit à rire. Marcella, née aux États-Unis, travaillait avec lui depuis des années et avait été sa confidente et son amie, presque sa sœur. Elle était la seule personne qui se permettait de le recadrer. Elle tapotait son crayon nerveusement, jusqu'à ce qu'il se rétracte. Elle se permettait aussi de lui dire d'aller se faire foutre quand il était impoli avec elle. Elle prenait son de lui et lui apportait du thé chaud et des pâtisseries quand il était malade.

« Marcie... je peux te demander quelque chose ? »

Marcella, qui était à mi-chemin vers la porte, s'arrêta et l'étudia. « Travail ou plaisir ? »

« Plaisir. »

« Je vois, j'adore les potins. Pose ta question. » Elle se laissa tomber sur la chaise en face de lui et croisa ses longues jambes.

Arturo s'éclaircit la gorge. « J'ai rencontré quelqu'un. »

Marcella écarquilla les yeux. « Pas possible. »

Arturo leva les mains pour contrer son excitation. « C'est compliqué. »

Marcella soupira. « Quand est-ce que ça ne l'est pas, avec toi ? Tu l'as déjà baissée ? »

Arturo la regarda d'un air penaud.

"*Turo.*" Marcella lui parla d'une voix un peu dure. "Wow, tu as jeté ton dévolu sur une femme. Je sais que le monstre dans ton pantalon a un esprit qui lui est propre, mais bon sang... » Elle rit, mais le regarda ensuite, plus sérieusement. « Est-ce que tu tiens à elle ? »

« Oui, beaucoup. Mais je ne la connais même pas, en fait, elle préfèrerait qu'on ne se connaisse pas. Je... j'ai peut-être appris certains faits par moi-même. »

« Mais qui es-tu, un harceleur ? »

« Je ne veux pas me mêler de sa vie privée ni outrepasser mes prérogatives. Mais j'ai découvert quelque chose d'assez grave à propos d'elle. Devrais-je lui dire que je sais ? »

Marcella secoua la tête. « Non. Ça la ferait flipper, crois-moi. Nous, les femmes, vivons dans un monde où toute... invasion... aussi bien intentionnée soit elle... n'est jamais bon signe. C'est perçu comme de la violence. Alors, Arturo, je pense que tu ne devrais pas lui dire. Si elle veut que tu saches, elle te le dira. »

« Merci, Marcie. »

« Qui est-ce ? »

« C'est ce que j'ai l'intention de découvrir, » dit-il en hochant la tête.

HERO DÉCIDA de faire trois choses importantes ce jour-là. Elle s'arrêta dans une pharmacie pour acheter une boîte de préservatifs. Ils n'en avaient pas parlé, mais si Arturo venait à nouveau frapper à sa porte ce soir, elle savait qu'elle ne pourrait pas lui résister. Elle envisagea un test de grossesse, mais c'était trop tôt pour cela. Bien sûr, elle devrait trouver un médecin pour pouvoir faire un test pour les MST, quelle idiote ! Elle avait vraiment été stupide, risquer sa santé pour une baise rapide - mais oh combien spectaculaire !

La deuxième chose qu'elle fit, fut de répondre à l'appel de son agent immobilier. Elle avait appelé pour lui dire que la paperasse pour l'appartement était prête. « Toutes nos félicitations. Vous pouvez emménager quand vous le voulez. »

Hero la remercia et lui dit qu'elle récupèrerait les clés dans l'après-midi. « J'ai entendu dire que vous aviez énervé Arturo Bachi », dit l'agent immobilier avec un petit rire. « C'est bien fait. Il le mérite. »

Hero déglutit difficilement. « Vous le connaissez ? »

« Oh, je le connais. Il prétendra surement ne pas me connaître, mais, moi, je le connais. »

Ainsi, Arturo avait couché avec son agent immobilier. Génial. Hero la remercia encore et mit fin à l'appel. Qu'est-ce qui n'allait pas chez elle ? Elle était en ville depuis moins d'une semaine et elle avait déjà baisé le mec qui couchait avec tout ce qui bouge.

Mais elle ne pouvait s'empêcher de penser à lui et elle s'aperçut que la sensation de trahison qu'elle ressentait envers Tom devenait de moins en moins vive. Il voudrait qu'elle soit heureuse, non ? Cela ne voulait pas dire que son mari ne lui manquait pas à chaque instant. Mais déménager en Italie était censé lui donner le nouveau départ qu'elle attendait.

Hero repoussa toutes ses pensées et alla dans la boutique d'art qu'elle avait découvert la veille. Il n'y avait personne à l'exception de la propriétaire, une jeune femme de l'âge de Hero dont les cheveux très bouclés étaient empilés sur la tête. Elle sourit à Hero. « Re bonjour. C'est si tentant de revenir ? »

Hero lui sourit. La femme avait un accent anglais et sur son badge était marqué FLISS. Elle était petite, plus petite encore que Hero, et elle portait une robe des années 50 avec des flamants roses sur un fond turquoise. Hero la trouva immédiatement intéressante.

« Je faisais du lèche-vitrine hier. Aujourd'hui, j'ai l'intention de dépenser de l'argent. »

Fliss éclata de rire. "C'est bon à entendre. Que cherchez-vous ? »

« Tout. »

Au cours de l'heure qui suivit, Fliss lui fit visiter le magasin et Hero se plongea dans la recherche de crayons, de pastels ronds de toutes les couleurs, d'un ensemble d'aquarelles professionnelles et de crayons de toutes duretés. Elle et Fliss parlèrent toutes de leur amour mutuel de l'art. Comme Hero, Fliss était passée par un collège d'art.

« Je faisais mon doctorat, mais j'ai dû arrêter un moment. » Lui dit Hero, et Fliss sembla intéressé.

« Écoutez, ça fait un moment que je n'ai pas parlé d'art. Je ferme pour déjeuner dans dix minutes. Vous voulez manger un bout ? »

Hero sourit. « J'adorerais ça. »

FLISS L'EMMENA dans une trattoria dans une petite ruelle. « C'est l'un des secrets les mieux gardés de Côme », dit-elle à voix basse. « Les touristes ne le connaissent pas. C'est bon marché, mais mon Dieu, la nourriture est excellente. Je recommande le ragoût de lapin à la polenta. »

Hero se fit un plaisir de suivre les conseils de Fliss – qui faillit s'évanouir quand elle dégusta sa première délicieuse bouchée - et elles partagèrent leurs histoires.

Fliss avait déménagé au lac de Côme après un voyage scolaire alors qu'elle était jeune. « J'ai juré que je ferais tout ce qui est en mon pouvoir pour pouvoir vivre ici. J'ai eu de la chance. Mes parents sont relativement aisés et m'ont aidé à démarrer mon entreprise. Quand je leur ai dit que je voulais venir vivre ici, leur première réaction a été : « Oh, génial, quand pouvons-nous venir te voir ? »

Hero sourit, un peu jalouse. « Tu as des frères et sœurs ? »

« Trois frères, tous plus âgés, ils sont terribles. Ce sont tous des scientifiques. Difficile à croire, n'est-ce pas ? Mais, » et elle se pencha de manière conspiratrice, « j'ai été la seule à obtenir mon diplôme avec les honneurs ».

Hero ri. Pour la première fois, elle avait l'impression d'être plus qu'une fille de vingt-huit ans, blasée qui avait déjà été une épouse, une mère et une veuve. Pour une fois, elle se sentit... détendue.

« Bon sang, regarde cet homme. »

Hero cligna des yeux et se tourna vers l'endroit où regardait Fliss. Un homme jetait une brassée de journaux sur un support et le visage d'Arturo Bachi était en tête de page. Le niveau d'italien de Hero n'était pas le meilleur, mais il lui permit cependant de lire les gros titres. « *La villa Patrizzi passe sous le nez de Bachi !* »

Combien de temps cette histoire allait-elle la poursuivre ? Elle se retourna vers Fliss qui regardait la photo d'Arturo la mine réjouie. « Est-ce que tu le connais ? »

Fliss secoua la tête. « Non, mais j'ai entendu tellement de choses à son sujet. Il est tout à fait exceptionnel. »

Hero sentit son visage brûler et Fliss le remarqua. « Est-ce que ça va ? »

« Je vais bien. Écoute, j'ai passé un bon moment. J'ai hâte de recommencer ! »

Fliss sourit. « Moi aussi. »

Elles échangèrent leurs numéros et Hero se dirigea vers le bureau de son agent immobilier. Avec excitation, elle récupéra les clés de sa nouvelle maison.

« Vous savez que la maison n'est pas meublée, n'est-ce pas ? » Lui rappela son agent immobilier.

Hero acquiesça. « Je sais, oui. Je n'y vivrai pas tant que mes meubles n'auront pas été livrés. Si vous avez besoin de moi et que mon téléphone portable est éteint, veuillez appeler l'hôtel. »

.   .   .

ELLE TREMBLAIT en se dirigeant vers l'étage supérieur et s'arrêta avant de déverrouiller la porte. Avait-elle bien fait de dépenser autant d'argent ? Pourquoi avait-elle décidé de battre Arturo ? Était-ce une tentative pathétique de montrer qu'elle contrôlait encore sa vie ?

Hero respira profondément, ouvrit la porte et tous ses doutes s'envolèrent.

Elle était à la maison.

CHAPITRE SEPT

Cette fois-ci, Arturo prit la peine de l'appeler.

« Je pensais faire les choses correctement pour changer », gloussa-t-il. « Veux-tu diner avec moi ? »

Hero, qui revenait de son appartement au Patrizzi sourit. « J'adorerais. À quoi pensais-tu ? »

« C'est une surprise. Porte quelque chose de moulant et… facile à enlever. »

Elle riait encore quand ils se dirent au revoir. Qu'elle l'admette ou non, Arturo Bachi était plus qu'un incroyable amant, il savait s'amuser, ce qu'elle trouvait particulièrement attrayant. Elle se demandait s'il serait très en colère, si elle lui avouait la vérité sur l'appartement.

Elle ne pourrait pas continuer à feindre l'ignorance très longtemps. La ville entière savait qu'il voulait l'appartement, même elle, qui n'avait pas passé plus de dix minutes à la vente aux enchères ce jour-là. Elle lui devait la vérité, elle devait lui expliquer pourquoi elle avait acheté cet endroit, et payé une somme si scandaleuse.

Quelle plaie. Même si elle détestait lui mentir, elle ne voulait pas non plus que leur relation se termine. Elle avait envie de son corps, il était un mélange enivrant de sucre et d'héroïne dans son système.

En rentrant à l'hôtel, qui se trouvait à un pâté de maisons, elle se rendit compte qu'il n'y avait personne d'autre dans la rue. La soirée était sombre et la brise fraîche soufflait depuis le lac. En marchant, elle entendit l'écho de pas derrière elle et son instinct se tordit un peu d'appréhension. Elle jeta un coup d'œil derrière elle. Quelques pas derrière elle, un homme, grand aux épaules larges, la suivait. Il était dans l'ombre. Ce n'était probablement rien, mais Hero ralentit, puis s'arrêta.

L'homme derrière elle s'arrêta aussi. Oh, merde... il la suivait. Elle se tourna pour lui faire face. « Qu'est-ce que vous voulez ? »

Une seconde plus tard, elle regrettait de s'être arrêtée lorsqu'elle a vu un éclair d'acier dans sa main. *Oh, mon dieu, non...* Hero se retourna et détala à toute vitesse en direction des gens qu'elle pouvait voir défiler sur la place du village.

Avec soulagement, elle se dirigea vers l'hôtel, à bout de souffle, et demanda sa clé. La réceptionniste lui jeta un regard étrange, mais Hero secoua simplement la tête. C'était juste un incident, se dit-elle. Mais elle était choquée.

Elle poussa la porte de sa chambre sans remarquer l'enveloppe qui avait été glissée sous sa porte. Quand elle la vit, elle se pencha et l'ouvrit pour la lire.

Tu es magnifique aujourd'hui. Dommage que je doive te tuer.

ELLE LAISSA TOMBER la lettre comme si elle l'avait brûlée. Qu'est-ce que c'était que cette merde ? Elle s'assit sur le bord du lit en tremblant. Qui voulait la tuer ? Elle était arrivée en ville pour les fêtes de Noël, et la seule personne avec qui elle aurait pu avoir un désaccord...

Mais elle refusait de croire qu'Arturo Bachi était capable de blesser qui que ce soit, et encore moins elle. S'il avait voulu la tuer, il l'aurait fait la première nuit quand personne ne l'avait vu la ramener à l'hôtel. Il aurait pu la tuer, jeter son corps dans le lac et passer à autre chose.

Mais qui d'autre pouvait être son agresseur ? Elle ne connaissait personne, et elle était à peu près certaine que Fliss n'était pas une tueuse folle. L'homme qui l'avait suivi tout à l'heure était immense.

Ça la rendait malade de savoir qu'il lui aurait été impossible de se défendre contre un tueur de cette taille. Elle essaya de contrôler son tremblement pour s'habiller. Elle enfila une robe lilas et attacha une chaîne en or autour de son cou, mais tous ses gestes étaient automatiques, elle n'arrivait pas vraiment à se concentrer sur son apparence.

Pour la première fois, elle se demandait si elle avait fait le bon choix en venant ici. Se faire cibler aussi rapidement n'avait aucun sens.

UNE HEURE PLUS TARD, dans la voiture d'Arturo, elle l'étudiait avec soin. « Où allons-nous ? »

Arturo lui sourit et elle ne vit aucune malice dans ses yeux. « C'est une surprise. »

Son sourire la fit frissonner, mais elle avait toujours les nerfs à fleur de peau et il sembla le remarquer. Il tendit la main et prit la sienne. « Est-ce que tu vas bien ? »

Elle ne répondit pas tout de suite, puis dit : « Hero. Je m'appelle Hero. »

Arturo lui sourit timidement. « Je sais. Pour tout t'avouer, j'ai vu le nom sur ta carte de crédit, ce n'était donc pas Béatrice. »

IL FAISAIT PREUVE D'HONNÊTETÉ. Mais cela ne voulait pas forcément dire qu'il était innocent ? Il était le seul à avoir des rasons de la haïr, et pourtant il était si attentionné, ses yeux étaient remplis de désir pour elle.

Il les conduisit dans un petit complexe où un hélicoptère les attendait. Arturo aida Hero à sortir de la voiture puis ils se dirigèrent vers l'avion, il arborait un grand sourire, sans toutefois lui dire où ils allaient. Il prit place dans le siège du pilote et Hero dut admettre qu'elle était impressionnée.

Elle était heureuse que des gens les aient vus décoller ensemble. Ils pourraient témoigner au cas où elle ne reviendrait pas.

Arrête ! Il n'a rien fait de mal. Hero prit une profonde inspiration et

essaya de se détendre. Arturo tendit la main et caressa son visage. «
Ça va ? »

Elle hocha la tête et tourna la tête pour presser ses lèvres contre
sa paume. Arturo sourit, se penchant pour embrasser sa bouche.

Le trajet en hélicoptère fut passionnant et, quand ils commencèrent à voir les lumières de la ville, Arturo lu dit : « Milan. Je pensais
que tu aimerais voir la ville de nuit. »

Elle frissonna, elle n'était jamais allée à Milan... en débarquant,
elle avait l'impression de vivre un rêve. Ils se posèrent sur le toit d'un
hôtel.

Le restaurant était chic et cher, et leur table était privée. « Je
pensais que nous pourrions parler sans que personne ne nous
écoute », déclara Arturo, se penchant pour embrasser sa joue. Il lui
tenait la main, ses doigts entrelacés dans les siens, et Hero sentit la
chaleur la traverser. Il ne pouvait pas être un aussi bon acteur,
capable de simuler cette affection. *Impossible.*

Ils s'assirent côte à côte, et après que le serveur eut pris leur
commande, Arturo passa son bras autour d'elle et l'attira plus près de
lui. « La couleur de cette robe est magnifique sur ta peau. » Il suivit la
courbe de sa joue, du dos de son doigt.

Il suivit son collier, faisant traîner ses doigts le long de la chaîne,
puis les glissant le long de son torse vers son ventre. Hero émit un
léger gémissement de désir. Arturo se blottit dans son cou. « Ma
douce Hero... J'ai une suite réservée au Mandarin Oriental. Je serais
ravi si tu voulais rester avec moi ce soir. Pas de pression. Un mot de toi
et j'annule la réservation. Resteras-tu ? »

Hero acquiesça, perdu dans ses yeux. « Oui », dit-elle d'une voix
rauque, enrouée d'un désir presque sauvage pour lui. Elle savait que
ce serait sans aucun doute leur dernière nuit ensemble. Elle voulait
pouvoir se souvenir d'avoir été baisée par lui, car elle était sûre d'une
chose : elle était en train de tomber amoureuse de lui et cela signifiait
qu'elle lui devait la vérité.

Elle savait qu'après cela, Arturo ne voudrait plus rien avoir à faire
avec elle, et cette pensée lui était insupportable.

· · ·

Il ouvrit la porte de la suite et recula pour la laisser entrer. Elle était tellement belle qu'il en aurait pleuré, mais elle était restée muette depuis le dîner, et aucun d'entre eux n'avait beaucoup mangé, elle était restée silencieuse. Était-ce de la nervosité à l'idée de rester avec lui ? Il espérait que non.

Verrouillant la porte derrière lui, il se dirigea vers l'endroit où elle se tenait, regardant par la baie vitrée qui donnait sur Milan. Le dos de sa robe était taillé en un V profond, et révélait sa peau couleur miel, et il fit courir son doigt le long de son dos. « Tu es parfaite » murmura-t-il, puis, il appuya ses lèvres sur son épaule nue. Hero tendit le bras et prit sa queue dans sa main, le caressant à travers son pantalon. Il tira sur le lien de sa robe et le vêtement glissa jusqu'au sol. Elle ne portait pas de soutien-gorge, ses seins pleins et lourds étaient tendus, les mamelons petits et rouge foncé. Il s'approcha pour pouvoir prendre chacun dans sa bouche à tour de rôle, taquinant chacun jusqu'à ce qu'ils durcissent. Hero lui caressa les cheveux, les deux tanguant lentement et savourant chaque instant. Il glissa sa main entre ses jambes et la caressa à travers sa culotte humide.

« Tu es mouillée. »

« Juste pour toi » murmura-t-elle en croisant son regard. « Toujours pour toi. »

Ses simples mots réveillèrent l'animal en lui. Il l'entraîna sur le lit et se déshabilla, passant rapidement un préservatif sur sa bite engorgée, presque douloureusement dure, et il la pénétra d'un mouvement rapide. Hero enroula ses jambes étroitement autour de sa taille, ses ongles s'enfoncèrent dans ses fesses alors qu'elle le tirait plus profondément et plus fort. Arturo l'embrassa avec une telle férocité qu'il put goûter du sang, il attrapa ses mains pour les épingler au-dessus d'elle. Elle eut orgasme sur orgasme et elle le supplia de ne jamais s'arrêter.

Il effaça les cheveux de son visage la regardant dans les yeux. « Ne t'inquiète pas, ma précieuse, je ne m'arrêterai jamais... jamais... » Il donna un coup de reins plus appuyé quand il jouit, gémissant son nom, prenant sa bouche avec avidité. « Tu es tellement belle, tellement belle, *bella, bella bella...* » Il savait qu'il était perdu, qu'il pourrait facilement tomber amoureux de cette femme, et si c'était le cas... Il avait peur, son cœur était toujours si fragile, il avait peur qu'elle lui soit enlevée. Il avait si peur ce soir, mais il ne savait pas pourquoi.

C'était pourtant une nuit parfaite : le vol, le repas, et maintenant, il faisait l'amour avec elle, loin de Côme, loin de ses responsabilités. Elle avait tendance à provoquer cela en lui, en tous cas ces derniers jours, et il avait dû se rappeler qu'ils ne se connaissaient pas vraiment. Elle lui avait finalement dit son nom et il en savait assez pour se rendre compte que c'était un grand pas pour elle.

Il n'était pas le type d'homme qui ferait pression sur elle, surtout après ce qu'elle avait vécu. Tout ce qu'il voulait, c'était être avec elle, et il savait pertinemment qu'il s'agissait d'un changement radical de toute sa philosophie. Les trois derniers jours avaient été une révélation pour lui.

Plus tard, alors qu'elle s'était endormie, il se glissa hors du lit et attrapa son téléphone dans sa veste. Fermant la porte de la chambre, il entra dans le salon de la suite et appela Pete. « Hey, mon pote, je te réveille ? »

Peter rigola. « Non, Turo. Quoi de neuf ? »

Arturo soupira. « J'ai des problèmes. »

« Quoi ? Que se passe-t-il ? As-tu fait quelque chose de stupide, Turo ? »

« Peut-être. C'est une femme, Peter. Je suis amoureux. »

8
———

CHAPITRE HUIT

rturo, je suis celle qui a brisé ton rêve. Je suis celle qui a surenchéri pour acheter l'appartement Patrizzi. Je savais que tu le voulais, pourtant, cela ne m'a pas empêché de contrer tes plans. Si tu es malheureux, c'est de ma faute.

HERO CONTINUA à répéter ce qu'elle avait l'intention de lui dire en s'habillant le lendemain matin. Elle avait eu l'intention de lui parler au réveil, mais il l'avait embrassée si gentiment et ses yeux étaient si pleins de... d'amour? C'est à cela que ça ressemblait et elle n'avait pas su comment amener le sujet. Au début, ils avaient fait l'amour tendrement, puis Arturo avait pris la cadence, et il s'était mis à la baiser dans toute la suite, en riant et en la taquinant. Arturo la pourchassait dans toutes les pièces jusqu'à ce qu'elle abandonne.

Puis, il avait enfoui sa queue au fond d'elle, elle avait été incapable de penser à quoi que ce soit d'autre. Elle aimait son corps, son sourire, sa bouche sur la sienne. Il avait une façon d'être à la fois tendre et presque agressif au fur à mesure du temps. Elle lui rendait cependant autant d'agressivité, tirant sur ses cheveux, lui mordant les mamelons, enfonçant ses ongles dans son dos et ses fesses jusqu'à ce qu'il gémisse. Alors qu'ils se douchaient ensemble, ils comparèrent les cicatrices de leur bataille amoureuse : les écorchures et les bleus qu'ils avaient l'un et l'autre. Il la baisa sous la douche, la tenant facilement contre le carrelage froid pendant que sa queue entrait et sortait de sa chatte enflée et douloureuse.

Elle avait mal aux cuisses, ses seins étaient douloureusement enflés et son cœur semblait avoir des ailes. Elle ne pouvait pas gâcher ce fantastique moment avec cet homme magnifique. Elle garderait son secret un peu plus longtemps.

Elle sentit ses bras s'enrouler autour de sa taille et sa main glisser sous sa robe pour lui caresser le ventre. « Salut toi. »

Elle s'adossa contre lui, tournant la tête pour embrasser sa bouche. « Salut à toi aussi. »

Arturo la regarda, les yeux sérieux. « Est-ce vraiment si mal, que je ne veuille pas que cela se termine ? »

Elle sentit son estomac se nouer. « Pardon ? »

« Apres ce voyage, dans cette ville, je veux être avec toi. »

Elle se retourna dans ses bras et attacha les siens autour de sa taille. Il frotta tendrement son nez contre le sien. « Hero... »

La façon dont il murmurait son nom lui fit courir des frissons dans le dos. « Arturo... j'ai quelque chose à te dire. »

« D'accord. »

Elle avala péniblement. « Je... » *Dis-lui. Propose-lui de lui rendre l'appartement. Supplie-le de te pardonner.* « J'étais marié. »

Les yeux d'Arturo étaient chaleureux. « Est-ce que tu m'en voudrais vraiment si je te disais que j'étais au courant ? »

Elle se figea. « Tu savais ? » Comment ? Avait-il engagé un détective privé pour faire des recherches sur elle ? Savait-il déjà à propos de l'appartement ?

Les bras d'Arturo se resserrèrent autour d'elle. « Je sais ce que tu penses et j'ai fait une recherche sur Google. J'étais curieux. »

Hero soupira. C'était un comportement normal au début des relations modernes, n'est-ce pas ? Mais, elle n'aurait jamais pensé à apprendre son histoire de cette façon. Ce n'était pas son genre. « Ok, donc tu sais.»

« Pour ton mari et pour ta fille. Oui, et je ne peux pas te dire à quel point je suis désolé, ma chérie. Viens t'asseoir. J'aimerais parler. J'ai commandé le petit-déjeuner. »

Au petit-déjeuner, elle lui parla de Tom et de Beth et, à sa grande surprise, ce fut plus facile que ce qu'elle avait imaginé. Cela lui fit du bien de se souvenir sincèrement de son chagrin, de son amour pour Tom et de Beth, l'amour de sa vie, sa lumière.

« C'était vraiment une gamine extraordinaire », dit-elle, les yeux remplis de larmes. « Je sais que toutes les mères disent cela de leurs enfants, mais, mon Dieu, je n'arrivais pas à croire que cette incroyable la petite créature venait de moi. »

« Tu as une photo ? »

Elle fouilla dans son sac et en sortit deux photos. L'une était celle de Beth, riant devant la caméra, avec le plus joli des sourires. L'autre photo les montrait tous les trois : Tom entourant sa famille de ses bras alors qu'ils souriaient, pas à l'objectif, mais les uns aux autres.

Arturo les étudia tous les deux. « Vous êtes magnifiques tous les trois. Elle te ressemble. »

Hero sentit une boule dans sa gorge en entendant Arturo utiliser le temps présent. « C'est vrai. » Les larmes s'échappèrent alors, et elle se mit à sangloter. Arturo la prit dans ses bras la serrant très fort contre lui, tandis qu'elle pleurait sa douleur.

Quand elle se dégagea finalement, elle se sentit plus légère et étonnamment plus sereine. Arturo lui sourit et caressa son visage du dos de ses doigts. « Ma douce, ta fille sera toujours avec toi. Et ton mari... » Il regarda la photo de Tom et, pendant une seconde, Hero ne put lire son expression. « Il a l'air d'être un bon mec. »

« C'était mon meilleur ami. Elle soupira. "Mais tout a changé... si drastiquement du jour au lendemain, tu comprends ? Une seconde, nous étions dans la voiture à chanter les chansons qui passaient à la radio, et la minute suivante... tout était terminé. Fini pour de bon. » Elle détourna les yeux pendant un moment, jusqu'à ce qu'il tourne doucement son visage.

« Je suis content que tu me l'aies dit. Je veux te connaître, Hero. »

Hero lui serra sa main. « Et toi ? »

« Moi ? Tu me connais. Ma réputation me précède. »

« Arturo. »

Il haussa les épaules. « Il n'y a eu personne spéciale dans ma vie depuis des années. »

Elle le regarda avec curiosité. « Ça veut dire qu'il y a eu quelqu'un, un jour. »

Le regard douloureux sur son visage fut si éphémère qu'elle se demanda si elle l'avait imaginé, mais il reparut, et elle l'oublia.

« Je suis un cliché ambulant, Hero », dit-il sans ménagement. « Je suis arrogant et je couche à droite et à gauche. Du moins, je *couchais* à droite et à gauche, il y a trois jours, j'ai rencontré la femme que j'espère épouser un jour. »

Hero sentit le sol se dérober sous ses pieds... soudain effrayée. « Arturo... le mariage c'est plus que du sexe génial. »

« Je sais. Ou plutôt, je ne le sais pas, mais j'espère pouvoir le découvrir, un jour. » Il la fixa du regard. Hero sentit son cœur battre très fort contre ses côtes et elle se leva.

« Ne te moque pas de moi. »

Arturo la rattrapa alors qu'elle s'éloignait et la força à le regarder dans les yeux. « Je n'ai jamais été aussi sérieux à propos de quoi que ce soit dans ma vie, Hero. C'est ce que je veux... tu me suis ? »

Elle ne savait absolument pas comment lui répondre.

DE RETOUR À CÔME, il la ramena à son hôtel. En l'embrassant, il prit son visage entre ses mains. « Tu veux diner avec moi, ce soir ? »

Hero hésita. « J'ai de choses à faire ce soir, peut-on reporter ? J'aimerais réfléchir un peu si cela ne te dérange pas. »

Arturo ne le prit pas mal. « Bien sûr ma chérie. Tu as mon numéro de téléphone portable si tu changes d'avis. »

Hero se dirigea vers les escaliers qui menaient à sa chambre, voulant prendre son temps. Mon Dieu, qu'allait-elle faire ? Elle était tombée amoureuse de lui, complètement. Et l'idée qu'il allait découvrir à propos de l'appartement la rendait malade. Devait-elle la remettre aux enchères et en payer le prix ? Peut-être pourrait-elle le lui revendre anonymement,

Mais elle aimait cet appartement. Depuis qu'elle y était entrée la première fois. Cela ne faisait que quatre jours ? Elle considérait cet endroit comme son refuge. Son cœur lui disait qu'Arturo valait la peine qu'elle abandonne l'appartement pour lui. Son cerveau lui intimait de ne pas se laisser déborder par ses émotions, et de continuer à suivre son plan. Cet homme magnifique méritait qu'on s'accroche à lui, n'est-ce pas ?

Zut. Hero soupira en ouvrant la porte de sa chambre, puis se figea. Trois autres enveloppes l'attendaient par terre. Elle les attrapa et redescendit à la réception. Elle demanda à voir l'agent de sécurité après que la réceptionniste lui ait dit qu'aucun des membres du personnel n'avait touché les lettres.

« Avez-vous de la vidéosurveillance ? »

« J'ai bien peur qu'elle soit en panne, Signorina. » Il regarda les enveloppes dans sa main avec curiosité. « Qu'y a-t-il dans les enveloppes ? »

Hero le regarda puis secoua la tête. « Ça ne fait rien. »

Elle remonta les escaliers, mais avant de s'enfermer, elle vérifia toutes les pièces de sa suite. Elle était seule. Elle ferma la porte à double tour et s'assit sur le lit, et posa les enveloppes devant elle. Au bout de quelques minutes, elle ouvrit la première.

Pute.

« Charmant. » Elle inspira profondément avant d'ouvrir la prochaine.

Cadavre ambulant.

« Oh, va te faire foutre. » Le sarcasme l'aida un peu. Elle ouvrit la troisième. Il n'y avait pas de mot, mais deux photographies tombèrent de l'enveloppe. Hero fronça les sourcils, mais elle se pencha pour les ramasser. En les étudiant, elle haleta d'horreur.

La première montrait une femme : intimidée, terrifiée, immortalisée dans un hurlement. Ses cheveux noirs couvraient la plus grande partie de son visage, mais Hero pouvait immédiatement voir la ressemblance avec elle-même. La deuxième photo était encore plus horrible. La même femme était visiblement morte, couverte de sang, le manche d'un couteau dépassant de son ventre.

« *Seigneur.* » Hero resta assise un très long moment à regarder l'horreur devant elle, mais finalement, dépliant ses jambes raides, elle redescendit à la réception, elle avait l'impression que le sang avait quitté ses veines. Elle leur demanda d'appeler la police.

Quand deux policiers arrivèrent à l'hôtel, elle leur remit calmement les notes et leur dit simplement : « Quelqu'un veut me tuer. Et je ne sais pas pourquoi. »

CHAPITRE NEUF

L e lendemain matin, Hero reçut un autre message, mais il s'agissait cette fois-ci d'un message de George Galiano, beaucoup plus agréable. Il l'invitait à déjeuner avec lui.

Hero y réfléchit. Elle ne voulait pas s'interposer entre Arturo et George, mais plus elle aurait d'alliés dans cette ville, mieux cela vaudrait.

Elle le rappela et accepta de le rencontrer au restaurant. « J'ai hâte de vous voir », dit-il d'une voix chaleureuse. Hero se promit de lui préciser que ce ne serait qu'un déjeuner amical.

Elle avait encore quelques heures à tuer avant son déjeuner. Elle décida d'en profiter pour organiser la livraison des meubles de son appartement. Elle arrangea la livraison pour la fin de la semaine. À présent que c'était officiellement le sien, elle était impatiente de s'y installer et d'être moins vulnérable. Elle avait demandé que des serrures soient installées aux fenêtres, même si c'était improbable que quiconque puisse escalader à cette hauteur. Elle en ferait une petite forteresse. Elle remarqua que les autres appartements venaient tout juste d'être rénovés pour la vente individuelle et Hero était heureuse qu'il y ait beaucoup de travailleurs au cas où quelque chose se produirait.

Mon Dieu, tu deviens parano. Mais les menaces vicieuses et totalement aléatoires l'avaient affectée plus qu'elle ne voulait l'admettre. La polizia avait eu de la sympathie pour son cas, mais ils lui avaient dit qu'ils ne pourraient rien faire à moins qu'elle ne soit réellement blessée.

« Savez-vous qui est cette femme ? »

Ils avaient étudié les photos et échangé des regards voilés, mais ils jurèrent qu'ils ne savaient pas qui elle était. « C'est probablement un canular », déclara l'amical officier principal. « Certaines personnes aiment effrayer les femmes seules. »

Le message qu'ils lui faisaient passer était clair, elle devait s'attendre à ce genre de chose, étant une femme seule. Le féminisme de Hero lui monta au nez, et elle rassembla les notes et les photos et les remercia avec raideur avant de se détourner. Elle avait même faillit provoquer quelqu'un à l'attaquer alors qu'elle traversait le hall.

Viens si tu l'oses...

Sa peur s'était transformée en colère et elle passa devant le gardien de sécurité de l'hôtel sans le reconnaître.

George Galiano l'attendait, assis à l'une des tables du restaurant, fumant une cigarette en sirotant un verre de vin rouge. Il se leva quand elle s'approcha et l'embrassa sur les deux joues. « Vous êtes magnifique, mademoiselle Donati. Accompagnez-moi, s'il vous plait. »

Au cours d'un déjeuner composé de salade de crabe frais, il lui posa des questions sur ses projets concernant l'appartement.

« Pour être honnête, M. Galiano, je veux juste un refuge. J'ai pris des dispositions pour le meubler, bien sûr, mais je n'ai même pas pensé à la suite. »

« Eh bien, je connais de bons architectes d'intérieur, si vous voulez. » Il fit une pause. « Bachi semble avoir déjà commencé à remodeler les autres appartements. »

« Ils sont donc tous à lui ? »

George hocha la tête, une lueur glaciale dans ses yeux. « Comme je vous l'ai dit, vous l'avez vraiment mis à terre avec la façon dont vous avez acheté l'appartement. Je pense que Bachi rêve de posséder tous les grands hôtels de la région, peut-être même du pays. Ses plans sont, comme lui, ridiculement prétentieux. »

« Je pense qu'il est sain d'avoir de l'ambition », déclara Hero avec précaution.

George sourit. « Vous êtes très généreuse, Miss Donati. »

« Appelez-moi Hero, s'il vous plait. »

« Hero. Un si joli prénom. Dites-moi, Hero... les prouesses sexuelles légendaires d'Arturo dans la chambre ont-elles été exagérées ? »

Piquée au vif, Hero lui jeta un regard acéré. « Honnêtement, elles ont été minimisées. »

George éclata de rire. « D'accord, je comprends. Je suis désolé, je ne posais la question que parce que je voulais voir à quel point vous lui étiez loyale. »

« Je suis aussi fidèle que je le serais envers n'importe quel... ami. Je ne suis ici que depuis une semaine, monsieur Galiano, je n'apprécie pas d'être mêlée à vos querelles. »

« Je comprends. » Son sourire s'effaça et il soupira. « Pour ma part, j'aimerais comprendre pourquoi nous nous sommes éloignés l'un de l'autre, et pourquoi les choses sont tellement tendues entre nous. »

La curiosité de Hero l'emporta. « Vous avez mentionné une femme, celle dont vous étiez amoureux tous les deux. »

Il acquiesça. « Oui, Flavia. Elle est morte il y a vingt ans maintenant. C'était une femme magnifique, comme vous, mais c'est cette beauté qui a été la cause de sa perte. »

« Comment ? »

Les yeux de George se firent plus sombres. « Elle a été assassinée, poignardée à mort. Ils n'ont jamais arrêté son assassin. »

Le regard hanté d'Arturo lui revint soudainement à l'esprit, suivi des images de la femme sur la photo que Hero avait reçue plus tôt, et elle se raidit.

« Poignardée ? »

George acquiesça. « Plusieurs fois. Il ne lui a laissé aucune chance.

Ce meurtre a dévasté la ville, mais surtout, Arturo et moi. Je pense qu'aucun d'entre nous n'a été le même depuis. Arturo était son amant à l'époque et tout le monde pense qu'il a été le seul à en souffrir. » Il secoua la tête. « Mais moi aussi j'ai souffert. »

La prise de conscience du fait qu'Arturo avait également perdu une personne qu'il aimait beaucoup renforçait le lien qui les unissait. Hero dut se l'avouer : elle était en train de tomber irréparablement amoureuse de lui, c'était plus profond que le plaisir qu'il lui avait donné entre les draps. Il lui semblait à présent impossible d'éviter de lui parler franchement de l'appartement et d'essayer de réparer ce qu'elle avait fait.

« M. Galiano, merci pour le déjeuner, mais je dois y aller maintenant. »

George se leva et l'embrassa sur la joue, s'attardant peut-être trop longtemps à son goût. Il la prit par les mains, cherchant son regard des yeux. « Sachez s'il vous plait, Hero... qu'Arturo n'est pas votre seule option. Faites attention s'il vous plait. Il n'est pas ce celui que vous croyez. »

Hero retira ses mains, le visage fermé. « Merci pour l'avertissement, M. Galiano. »

Quelle horreur. Hero lui dit au revoir et sortit de là, à son grand soulagement. *Pas sa seule option, quelle arrogance chez cet homme !*

Elle eut soudain le désir de parler avec quelqu'un de chez elle, alors qu'elle se dirigeait vers son nouvel appartement. Elle se saisit de son téléphone portable pour appeler Imelda, mais elle tomba sur sa messagerie vocale. « Melly... juste un message pour te dire que je vais bien. Rappelle-moi. J'ai besoin d'entendre ta voix. » Elle émit un petit rire en mettant fin à l'appel. Elle n'avait jamais dit cela à sa sœur... jamais. Elle était surprise de la façon dont distance avait changé leurs relations. Hero remit son téléphone dans son sac et continua sa route vers le Patrizzi.

LE VISAGE de Peter n'affichait que déception. « Tu n'aimes pas. »

Lui et Arturo étaient dans un vieil hôtel délabré de la rive nord du lac. Peter l'avait visité à la dernière minute et était persuadé qu'Arturo le trouverait intéressant. Il avait le charme rustique du vieux monde ainsi qu'une fantastique terrasse surplombant le lac. Une pergola en pierre drapée dans la plus glorieuse glycine donnait sur des jardins luxuriants d'azalées, de camélias et de jasmin, qui transmettaient un parfum magnifique dans la brise. L'hôtel lui-même était abandonné depuis si longtemps que des vignes avaient poussés à l'intérieur, ce qui donnait à l'endroit une atmosphère post-apocalyptique à la fois étrange et fascinante.

Peter en était tombé amoureux au premier regard, mais il pouvait dire, en voyant l'expression d'Arturo, que son ami ne partageait pas son enthousiasme. Il soupira. « C'est non, je suppose. »

Arturo se retourna vers lui et Peter fut surpris de voir les yeux d'Arturo briller de mille feux. « C'est un endroit incroyable... mais pas pour un hôtel. Seigneur, Peter... »

Peter était confus. « Alors, je veux être sûre de bien avoir compris, tu ne veux pas en faire un hôtel, mais tu l'aimes ? »

« Je veux en faire une maison, Pete, une maison de famille. »

« Une maison de famille ? » Peter essayait de comprendre ce qu'il entendait. « Mais pour qui ? »

Arturo se mit à rire. « Pour moi, bien sûr. Pour la famille que j'ai l'intention d'avoir à l'avenir. » Il ne dit pas avec qui, mais Peter reconnaissait cette expression, il la lui avait déjà vue par le passé.

« Turo... tu la connais depuis *moins d'une semaine*. » Peter fixa son vieil ami avec étonnement. Arturo était connu pour être impulsif à propos de tout, sauf avec ses relations. C'était le seul domaine de sa vie dont la devise était : s'aimer pour mieux se quitter. « Une semaine », répéta Peter. « En quoi est-elle si différente, Turo ? »

Arturo haussa les épaules. « Tu dois la rencontrer, Peter, et tu comprendras. Elle est brillante, drôle et belle et je suis fou d'elle. »

« Tellement fou que tu t'imagines déjà dans votre future propriété ensemble ? Ce n'est pas toi, dit Peter, tu as manifestement une sorte de... problème, je ne sais pas, mais tu dois te calmer. »

« Tu ne crois pas au coup de foudre ? »

Peter leva les yeux au ciel. « Non. Je n'y crois *pas une seule seconde*.

Baiser ce n'est pas la même chose qu'aimer, Arturo. Je n'ai pas besoin de te le dire. »

« Ce n'est pas ça. Si c'était ça, je ne serais pas aussi chamboulé. Mais elle... écoute, je vais l'appeler et organiser un rendez-vous pour que tu puisses la rencontrer. Ensuite, tu comprendras. »

Peter était sur le point de protester, mais Arturo avait déjà sorti son téléphone. Peter vit un sourire se dessiner sur le visage d'Arturo lorsque la jeune femme répondit à son appel.

« *Buon Giorno, Bella*. Comment vas-tu ? Bien. Écoute, es-tu libre pour boire un verre cet après-midi ? Je voudrais te présenter mon meilleur ami, Peter Armley. Oui ? Génial, à bientôt, *cara mia*. »

Arturo rayonnait positivement, lorsqu'il mit fin à l'appel et sourit à Peter. « Tu vas voir, Pete. Elle est sensationnelle. »

Peter préféra ne rien dire. Parfois, il valait mieux attendre et voir comment les choses allaient se passer lorsqu'il s'agissait d'Arturo. Il comprenait généralement les choses assez rapidement de toute façon. « Et qu'en est-il de cet endroit ? »

« Je veux l'acheter pour moi. Peux-tu faire cela pour moi ? »

Peter soupira, voyant ses rêves d'hôtel disparaître en fumée dans les fantasmes d'Arturo. « Bien sûr, mais est-ce que tu es sûr ? Pas besoin de te presser, elle est sur le marché depuis cinq ans et personne ne semble en vouloir. Prends le temps d'y penser. »

Arturo secoua la tête. « Je la veux. Donne ce qu'il veut au propriétaire, tout ce qu'il demande, et rempli les documents le plus rapidement possible. Je veux amener Hero ici et lui montrer ce que je veux pour cet endroit. »

« *Mon Dieu* » siffla Peter dans un souffle.

Ce n'est qu'une heure plus tard, que Peter entra dans un bar de Côme et vit Hero Donati qui les attendait. Il jeta un coup d'œil à la belle femme assise avec élégance, à ses longs cheveux noirs tirés sur son épaule, à ses grands yeux bruns brillant, et vit immédiatement la ressemblance frappante, presque *étrange* avec Flavia, et il se tourna vers Arturo, le regard horrifié.

« Arturo », dit-il, « qu'as-tu fait ? »

CHAPITRE DIX

Hero essayait de ne pas trop prêter attention à la façon dont Peter Armley la regardait. Il la regardait comme s'il la connaissait. Arturo, s'il le remarquait, ne disait rien, et ils discutèrent tous les trois de choses et d'autres.

Peter resta avec eux jusqu'en début de soirée avant de s'excuser « C'était un vrai plaisir de vous rencontrer, Hero. Bienvenue à Côme. »

Après son départ, elle et Arturo s'attardèrent devant un apéritif. Arturo lui caressa le visage. « Est-ce que tu as faim ? »

Elle secoua la tête. À vrai dire, tout ce que voulait Hero, c'était être enveloppé dans ses bras, de se sentir en sécurité. Il pressa ses lèvres contre les siennes. « J'ai une idée. »

« Oh ? »

« Il y a une sortie en bateau au clair de lune ce soir. Il y aura d'autres couples, mais j'ai pensé que cela pourrait te plaire. »

Hero sourit. « C'est une super idée. C'est vraiment une belle ville, Arturo. »

« Je suis content qu'elle te plaise. » Il l'embrassa à nouveau. « Hero... Je ne veux pas paraitre trop pressant et t'effrayer, mais j'aimerais vraiment nous donner du temps. Voir comment les choses vont se passer entre toi et moi. Honnêtement... Je ne me suis jamais senti comme ça, auparavant. »

Hero sourit, elle était curieuse, elle voulait en savoir plus sur Flavia, c'est tout ce qui était au centre de ses préoccupations. Cela devait être la fille sur les photos qui lui avait été envoyée. Hero elle-même pouvait voir la ressemblance entre elles. Sachant que Arturo avait aimé cette fille et qu'elle était morte, à présent que, quelqu'un menaçait la vie de Hero... pouvait-elle lui faire confiance ?

Arturo était-il derrière ces menaces ? Hero savait qu'elle devrait mettre fin à cette histoire entre eux, mais elle n'y arrivait pas. « À quelle heure est la sortie en bateau ? »

« À neuf heures. » Les yeux verts d'Arturo se posaient sur les siens, intenses. « Nous avons quelques heures à tuer. »

Hero sentit ses doigts caresser l'intérieur de sa cuisse et elle gémit doucement. Pourquoi avait-il cet effet sur elle ? Elle avait besoin de lui. Elle se blottit contre lui et murmura : « Arturo. Ramène-moi à la maison et baise-moi fort... »

Arturo sourit largement et, vingt minutes plus tard, il ôtait sa robe alors qu'ils s'embrassaient, et se touchaient. « Je ne veux pas attendre. » Hero hoqueta et Arturo enfonça sa queue profondément dans sa chatte, la baisant furieusement jusqu'à ce qu'ils tombent tous les deux du lit, en riant et hors d'haleine. Arturo la prit dans ses bras et alors qu'il se glissait de nouveau en elle. Leurs ébats ralentirent. Ils prirent leur temps, laissant l'intensité de leurs ébats progresser jusqu'à ce qu'Hero jouisse, son dos se cambrant, son ventre contre le sien, sa tête rejetée en arrière alors qu'elle criait.

« Mon Dieu, tu me rends fou » gémit Arturo, puis ils s'effondrèrent ensemble, haletants. « Hero... *il mio amore...* »

Il y avait une telle tendresse dans sa voix que Hero l'embrassa et lui murmura à l'oreille. « Je veux te goûter. »

Il lui sourit. « Chérie, rien ne me ferait plus plaisir. Laisse-moi juste m'occuper de ce préservatif. »

Pendant qu'il était dans la salle de bain, Hero attendit, allongé sur le lit, en se délectant de la situation. Chaque fois qu'elle était nue avec lui, elle se sentait tellement... quel était le mot... ? Sensuelle, féminine... Elle se sentait belle. Elle le vit revenir dans la chambre, sa magnifique queue déjà à demi érigée, elle le regarda, les yeux pleins de convoitise. Il s'approcha du lit et elle s'assit, prenant sa queue dans sa bouche, faisant courir sa langue le long de celle-ci, sentant le muscle se durcir sous la peau soyeuse. Arturo gémit alors qu'elle commençait à le sucer, à le taquiner et dessiner le bout sensible du bout de sa langue, ses ongles s'enfonçant dans ses fesses.

Alors qu'il jouissait, son sperme épais et crémeux sur la langue, elle l'engloutit puis lui sourit. Arturo la repoussa sur le lit et attacha ses jambes autour de sa taille, l'embrassant passionnément. « Hero, tu me rends fou. »

Il poussa sa queue à l'entrée de sa chatte puis s'enfonça au fond d'elle. Les coups de reins d'Arturo étaient maintenant presque frénétiques, sa domination sur son corps était complète, et Hero jouissait sans cesse alors qu'il la baisait, sa bite pleine de pulsations jusqu'à ce que lui aussi atteigne l'orgasme.

Tandis qu'ils récupéraient, Hero gémi. « Oh zut, encore une fois. »

« Quoi ? »

Elle soupira. « J'ai oublié ce *fichu* préservatif. »

Il lui caressa le dos alors qu'elle se redressait. « *Cara mia*, tu n'as pas à t'inquiéter. J'ai un dossier médical vierge en ce qui concerne les MST. Si tu ne me crois pas, je peux demander à mon médecin de t'appeler pour te le confirmer lui-même. »

Hero se détendit un peu. « Mais il n'y a pas que cela. Je pourrais tomber enceinte. »

Arturo s'assit et embrassa son épaule. « Est-ce que ce serait si terrible que ça ? »

Elle le regarda, bouche bée. « Cela fait à peine une semaine, Arturo. *Une semaine.* » Elle s'éloigna alors qu'il tentait d'enrouler ses bras autour d'elle. « C'est trop. » Hero se leva et secoua la tête. « D'abord, tu parles de mariage et maintenant de ça ? Tu as perdu la tête. »

Elle passa sa main dans ses cheveux, faisant les cent pas. Arturo la regarda. « Je suis désolé, Hero. Je suis parfois un peu surexcité, et je suppose que quand je veux quelque chose, je me comporte un peu comme un enfant gâté. Je suis habitué à obtenir ce que je veux quand je le veux et j'oublie parfois les sentiments des autres. Je suis désolé. »

Prise au dépourvu par son honnêteté et sa panique, Hero se calma un peu. *Parle-lui.* Elle se rassit sur le lit. « Arturo... je ne suis tout simplement pas prête pour une relation sérieuse. Il s'est passé beaucoup de choses dans ma vie... je ne suis ici que depuis quelques jours. Cela ne veut pas dire que je n'aime pas être avec toi. Mais nous devons vraiment ralentir les choses. S'il te plaît. »

« Bien sûr. Je suis vraiment désolé. » Il soupira, ne voulant cependant pas la toucher, pour lui donner un peu d'espace. « Je n'aurais jamais pensé pouvoir ressentir cela de nouveau. »

« Après... Flavia ? » Demanda doucement Hero.

Il y eut un long silence « Toi aussi tu m'as cherché sur Google, je suppose ? »

Nous y voilà.

« Non. » Elle le regarda, puis après un long silence, elle murmura. « J'ai déjeuné avec George Galiano aujourd'hui. »

Elle vit son expression passer du choc à la colère, de la jalousie à la résignation. « Je vois. »

« C'était un déjeuner amical. Nous nous sommes rencontrés à la vente aux enchères. » C'était un petit mensonge, mais cela n'avait pas d'importance. « Il a eu la gentillesse de me parler de votre querelle. »

Arturo renifla. « Pour sûr qu'il l'a fait. »

Hero lui fit un demi-sourire. « Ne t'inquiète pas, je le trouve un peu malsain. »

« Tu n'as pas tort. » Arturo éclata de rire, l'air soulagé. « Donc... il t'a parlé de Flavia ? »

Elle acquiesça. « Arturo, je suis vraiment désolée. Pourquoi n'as-tu rien dit ? Surtout après que je t'ai parlé de Tom et de Beth. »

« Je ne voulais pas te faire peur, » admit-il.

« Parce qu'on se ressemble, toutes les deux ? »

Arturo acquiesça. « En effet, la première fois que je t'ai vu, j'ai cru voir son fantôme. Mais, Hero, écoute-moi. Vous êtes deux personnes totalement différentes et je le sais. Ta ressemblance avec Flavia est accessoire à ce que je ressens pour toi, je te le promets. Je te le jure. »

Elle acquiesça, mais poussa la conversation un peu plus avant. « Quel genre de femme était-elle ? »

« Je dois d'abord te dire ceci. Tu es une femme. Flavia était une fille. Elle avait dix-huit ans lorsqu'elle a été assassinée. Et elle... je l'aimais, je l'aimais vraiment et elle m'aimait aussi. Mais elle aimait aussi les hommes et aimait le sexe, et après sa mort, j'ai découvert qu'elle avait également couché avec George. Il était mon ami à l'époque et je crois qu'il a aimé me dire que ma petite amie m'avait trompé. Après cela, nous n'avons plus jamais parlé. »

« Quel connard », Hero secoua la tête. « Je ne comprends pas le besoin qu'il avait de te le dire. » Elle posa la main sur son visage. « Tu es mille fois mieux que lui, Turo. »

Arturo sourit. « J'aime quand tu m'appelles Turo. » Il se pencha lentement et elle le rencontra à mi-chemin, autorisant le doux baiser, mais son sourire disparut soudain, quand elle entendit Arturo dire. « Ils n'ont jamais attrapé l'assassin et je n'ai jamais su pourquoi elle était morte. Peut-être était-ce un autre amant jaloux ? Je ne sais pas. La polizia n'a rien trouvé. » Il secoua la tête. « J'en fais encore des cauchemars... elle est effrayée, elle souffre terriblement. »

Hero se sentit malade. *Dis-lui. Parle-lui des notes, des menaces...* mais elle ne voulut pas le faire. Elle ne voulait pas qu'il s'inquiète. Elle l'embrassa doucement. « Je suis tellement désolé, Turo. »

Arturo l'entoura de ses bras. « Ta présence me fait tellement de bien, *cara mia*. »

Elle se pencha vers lui et soupira. « J'espère que oui. Toi aussi tu me fais du bien, Turo. La douleur n'existe plus à tes côtés. J'espère qu'un jour, je pourrais faire la même chose pour toi. »

« Tu le fais déjà. »

Ils firent de nouveau l'amour, mais cette fois, les choses se passèrent plus lentement, plus tendrement, c'était la création d'une connexion plus profonde, leurs regards ne se quittant jamais.

À neuf heures, Arturo l'emmena faire un tour en bateau autour du lac et ils se blottirent dans leur siège, profitant de la nuit, riant ensemble, se tenant la main. C'était une fin rêvée après la journée intense qu'ils venaient de passer et Hero se détendit dans les bras d'Arturo. Elle voulait lui parler de l'appartement, mais elle savait que s'il le voulait vraiment...Elle ne voulait pas le perdre à cause de ça. Ils trouveraient une solution.

DE L'AUTRE bout du bateau, il les observait. Il voyait que la dynamique de leur relation avait changé. Il pouvait voir qu'ils avaient développé une relation différente, plus profonde

Parfait.

Il se demanda si Hero Donati crierait quand il lui enfoncerait son couteau dans le ventre, encore et encore et encore...

CHAPITRE ONZE

H ero mit le reste de ses affaires dans son sac et le jeta sur son épaule. Elle jeta un coup d'œil dans la chambre d'hôtel qui avait été son refuge depuis dix jours et se sentit nerveuse. Aujourd'hui, elle déménagerait dans l'appartement Patrizzi et, plus tard, elle dirait à Arturo ce qu'elle avait fait. Elle ne pouvait pas plus dépenser plus d'argent en restant à l'hôtel. Elle avait un appartement de cinq millions d'euros et elle comptait bien y vivre.

Le taxi l'emmena à l'appartement et elle ouvrit la porte pour entrer dans sa nouvelle maison. La demeure était silencieuse, mais après l'arrivée des meubles, elle ressemblerait enfin à une vraie maison.

Elle poussa les portes du petit balcon et sortit pour respirer le grand air. Enfin chez elle ! Elle ne put s'empêcher de frissonner, elle ressentait une certaine tristesse. Ce soir, elle le dirait à Arturo, et ce serait soit la fin pour eux... soit le début de quelque chose d'autre.

Son téléphone portable sonna.

« Enfin. » Dit-elle, tandis que sa sœur lui disait bonjour.

« Désolée, mais mon téléphone est tombé dans le bain. »

« Tu veux dire que tu l'as laissé tomber dans le bain. »

Elle sourit quand Imelda soupira. « Qu'importe, comment vas-tu ? »

« Bien. J'ai emménagé dans l'appartement. »

« C'est super ! Est-ce que tout va bien ? Tu avais l'air... étrange sur le message vocal que tu as laissé. »

Hero hésita. « Je vais bien. Je voulais juste te tenir au courant. Comment vont les parents ? » Une décharge d'adrénaline la traversa lorsque sa sœur hésita. « Melly ? »

Imelda soupira. « Ne panique pas... mais Papa vient d'avoir un petit problème au cœur. Il va bien, il va bien, mais... »

« Oh mon Dieu, Melly. » Hero retourna à l'intérieur et se laissa tomber sur le canapé, le cœur battant, la peur au ventre. « Je vais prendre l'avion. Je réserve un vol tout de suite et... »

« Ce n'est pas la peine. Je t'ai dit ne pas paniquer. Il ira mieux. Pour l'instant, ils le gardent en observation. Il va bien, sœurette. Honnêtement. C'était juste un peu effrayant. »

Hero se calma légèrement. « Pourquoi tu ne m'as rien dit ? »

« Parce que maman m'a demandé de ne pas le faire. Elle a dit — et je suis d'accord — que tu avais besoin d'être là-bas. Que tu avais besoin de t'éloigner de Chicago et de faire ta propre vie. Papa va bien, je te le promets, et je t'appellerai immédiatement si quelque chose change. Mais reste là-bas, Hero. Tu en as besoin. »

Hero resta silencieuse un long moment. « Tu dois me promettre de me tenir au courant si les choses empirent ? »

« Je te le promets. » Imelda laissa échapper un long soupir et quand elle se remit à parler, sa voix était plus douce. « Hero... rassure-moi, tu vas bien ? »

Hero étouffa son sanglot dans une toux. « Je vais bien. La ville est magnifique. »

« Tu t'es fait des amis ? »

« Quelques-uns, oui. »

« Bien. Chérie, c'est une très bonne chose. Je suis fière de toi. »

Hero était trop choquée pour répondre et elle entendit le doux rire d'Imelda. « Prends soin de toi, petite sœur. Je t'aime. Je te verrai bientôt. »

Le téléphone se déconnecta avant que Hero puisse répondre. Elle resta assise un moment, essayant de digérer les paroles de sa sœur. D'abord, les nouvelles concernant son père, ensuite... cette déclaration d'amour, qu'elle avait reçu d'Imelda.

La planète tout entière venait de s'arrêter de tourner.

Hero secoua la tête et avant de pouvoir changer d'avis, elle appela Arturo pour laisser un message sur sa boîte vocale.

ARTURO VÉRIFIA sa boîte vocale une heure plus tard alors qu'il était assis dans son bureau et fronça les sourcils. « Étrange. »

Peter leva les yeux vers lui, déposant la liasse de papiers qu'il tenait. « Qu'est-ce qui est étrange ? »

« C'était Hero. Elle veut qu'on se voit plus tard... à l'appartement Patrizzi. »

Peter fronça les sourcils. « Pourquoi diable ? »

« Je n'en ai aucune idée. » Dit Arturo avant de la rappeler. « Salut c'est moi. Bien sûr que je peux te rencontrer là-bas, mais que se passe-t-il, Hero ? Rappelle-moi si tu peux, mais je serai là-bas à six heures. »

Il mit fin à l'appel et posa son téléphone sur le bureau, se mordillant la lèvre inférieure. « C'est très étrange. »

Peter sourit à moitié. « Peut-être que Hero est l'acheteuse ? »

Arturo roula des yeux. « Oui, parce qu'elle a des millions d'euros sur son compte en banque. »

« Elle pourrait. »

Arturo regarda Peter par-dessus ses lunettes. « C'est ce que tu penses vraiment ? »

« Non. Écoute, parlons d'autre chose, la villa Claudia est à toi dès que tu auras signé. Je n'arrive pas à croire que vous l'as eu pour un demi-million. »

Arturo sourit. « Quand j'en aurai fini, elle vaudra dix fois plus. Non pas que je veuille jamais la vendre. »

« Tu as toujours l'intention de vivre dans cette maison avec la belle Hero ? »

« À moins qu'il y ait un problème ? » Arturo leva les yeux devant le ton sarcastique de Peter, ses yeux se rétrécissant. « Tu n'aimes pas Hero ? »

« Je l'aime beaucoup, Turo. Elle est douce, intelligente et belle. » Peter le fixa d'un regard dur. « Et elle ressemble affreusement à ta petite amie assassinée. *Seigneur*, Arturo, à quel point est-ce que t'es foutu ? »

Arturo se rassit et soupira. « C'est une personne complètement différente, Pete. »

« Comment ? »

« Elle est Hero et non Flavia, pour commencer », dit-il sèchement avant de lever les yeux devant le regard de Peter. « Elle est américaine, tu sais. Alors que Flavia était italienne. Ça fait toute la différence. Et elle est plus douce, mais en même temps, plus sûre d'elle. Plus sage. C'est une femme. Flavia… » Arturo ressentit la tristesse habituelle lorsqu'il pensait à la vie d'une si belle jeune abrégée si abruptement. « Flavia n'était qu'une enfant. Hero était mariée, elle avait un enfant. »

Pete haussa les sourcils. « *Était* ? »

« Ils sont morts dans un accident de voiture il y a deux ans. »

« Seigneur. Quel âge a Hero ?

« Vingt-huit. »

Peter secoua la tête. « Merde. Elle t'en a parlé ? »

« Ouais. » Arturo se pencha en avant. « Et je lui ai parlé de Flavia, de leur ressemblance. Malheureusement, George s'était déjà chargé de lui en parler. »

« Elle connaît George ? » Peter eut l'air amusé.

Arturo rit sous cape.

« Oui. Elle pense qu'il est malsain. »

« Je lui concède des points, pour avoir correctement jaugé le personnage. »

Arturo sourit. « Quoi qu'il en soit, il l'a invité à déjeuner, et lui a sorti son baratin habituel, mais s'est rendu compte à qui elle avait affaire. Il lui a parlé de Flavia. »

« Elle n'a pas eu peur ? »

Arturo ne cacha pas son sourire. « Non. Mais elle m'a demandé de ralentir. »

« Bien. » Peter soupira. « Elle gagne des points supplémentaires. »

Arturo acquiesça, son visage plus sérieux. « Pete... elle est spéciale. Je sais que tu penses que je projette à cause de Flavia, mais ce n'est vraiment pas le cas. Elle m'est... très chère. Oui. Déjà. »

Peter étudia son meilleur ami. « Tu es amoureux d'elle. »

« Oui. »

« Elle le sait ? »

Arturo prit une profonde inspiration. « Je ne lui ai pas dit. Comme je te l'ai dit, elle m'a demandé de ralentir... mais oui, je suis amoureux de Hero Donati. »

Et il pouvait voir que, finalement, Peter le croyait.

À 18 heures, Arturo entra en voiture et se gara devant le Patrizzi. Il appela ses entrepreneurs, pour leur notifier que le travail déjà effectué était bien fait. Puis, il se dirigea vers l'appartement. Le calme régnait au dernier étage et il arpenta les couloirs. L'appartement était dans le coin le plus éloigné des ascenseurs et, à son approche, il s'aperçut que la porte était ouverte. Il fronça les sourcils. Pourquoi diable Hero était ici ?

Il entra dans l'appartement, puis recula, choqué par tout le sang, et le corps. « Oh mon Dieu, non... non... NON ! »

CHAPITRE DOUZE

« H ero ? Mlle Donati ? Vous m'entendez ? Si vous le pouvez, s'il vous plait, ouvrez les yeux ou pressez ma main. »

Rien. L'ambulancier regarda sa partenaire. « Elle ne répond pas. »

Arturo serra les dents et retint un cri de frustration. Dès le moment où il était entré et l'avait trouvée évanouie sur le sol, il avait bercé Hero dans ses bras alors qu'il attendait les secours, et il l'avait appelée encore et encore, mais elle avait refusé de se réveiller. Ses vêtements étaient maculés de son sang, les ambulanciers étaient partout et elle refusait toujours de se réveiller.

Il lui était à présent impossible de continuer à la tenir dans ses bras, car une demi-douzaine de médecins s'affairait autour d'elle. Tout ce qu'il pouvait faire c'était serrer les dents de frustration et essayer de remercier Dieu parce qu'au moins, elle était en vie. C'est du moins ce qu'ils n'arrêtaient pas de lui dire.

« Elle a une méchante entaille sur le cuir chevelu. Les blessures au cuir chevelu saignent énormément... Je dirais qu'elle a été agressée par-derrière ou qu'elle est peut-être tombée contre quelque chose. Oui ici. Regardez... » L'ambulancier désigna la cuisinière en métal de la cuisine. « Elle aurait pu tomber ou être poussée, c'est à présent le travail de la police de découvrir ce qui s'est passé ». »

Arturo ne pouvait pas quitter Hero des yeux, elle était si pâle, sa peau d'habitude si dorée et pleine de vie avait viré en un jaune insipide. « Est-ce qu'elle va bien ? »

« Elle doit se faire examiner. »

IL MONTA dans l'ambulance avec eux, tenant la main de Hero. Alors qu'ils s'approchaient de l'hôpital, elle gémit et ouvrit les yeux. « Turo ? »

Il ressentit un tel soulagement qu'il fut pris d'un vertige qui l'obligea à se tenir à la rambarde de l'ambulance. « Dieu merci Hero... je suis là, *bella*. Je suis là, chérie. »

Ses yeux sombres été baignes de larmes et Arturo était sur le point d'appeler un médecin pour lui dire qu'elle avait mal quand sa voix l'arrêta.

« Je suis vraiment désolée. »

Arturo fronça les sourcils. « *Cara mia*, pourquoi t'excuses-tu ? Quoi qu'il se soit passé, ce n'est en aucun cas ta faute. »

L'ambulance s'arrêta et ils l'emmenèrent rapidement aux urgences. Arturo lui prit doucement la main alors qu'elle le regardait, la douleur dans les yeux.

« Je suis tellement désolée, bébé », dit-elle à nouveau, sa voix s'affaiblissant, « c'était moi. C'est moi qui ai acheté l'appartement Patrizzi... »

Arturo lâcha sa main alors que le personnel soignant l'arrêtait devant la porte, la regardant fixement, il ne comprenait pas ce qu'elle lui avait dit. Ils firent entrer Hero par les portes de l'unité de soins intensifs et il l'a perdit de vue.

Choqué au plus profond de lui-même par son aveu et par l'horreur de son accident, ou de son attaque, Arturo tourna les talons et sortit de l'hôpital, la tête vide.

. . .

FLISS SEYMOUR s'était précipité dans la chambre d'hôpital. « Ta-da ! »

Hero, malgré son mal de crâne insistant, et le poids qui pesait sur sa poitrine, rit doucement. « Toujours aussi folle ! Merci d'être venu, Fliss... Je ne savais pas qui appeler. » *Et l'homme dont je suis folle me déteste maintenant...*

Fliss la serra doucement dans ses bras. « C'est un plaisir, mon amour. Est-ce que ça va ? »

« Juste une sévère commotion cérébrale et une blessure éternelle à ma fierté. »

Fliss la regarda. « Et des ecchymoses assez radicales. Tu t'es fait tout ça en tombant ? »

Non.

« C'est de ma faute. J'ai trébuché sur des chaussures que j'avais laissées traîner. » *Alors que l'homme qui essayait de me tuer me frappait la tête contre la cuisinière en métal.* Elle ferma les yeux un instant.

« Ça va ? Veux-tu que je t'appelle une infirmière ? »

Hero ouvrit les yeux. « Non, c'est juste un peu de vertige. Fliss, vraiment, merci. »

Fliss lui sourit. « J'allais apporter des fleurs, mais je me suis dit que tu apprécierais davantage ceci. » Elle sortit une petite boîte et la tendit à Hero. À l'intérieur se trouvait une rangée de pastels tendres épais, dont la couleur rappelait celle de certains joyaux.

Hero sourit. « Ils sont beaux, combien je te dois pour ces beautés ? »

« Arrête... promets-moi juste de me confirmer certains des potins que j'ai entendus. »

« Comme... ? » Hero admirait le rouge profond et riche d'un pastel. Fliss sourit.

« Apparemment... Arturo Bachi est celui qui t'a amené ici, il avait, parait-il, l'air très contrarié. »

Le cœur de Hero lui fit mal. « C'est lui qui m'a trouvé. »

« Parce que c'est toi qui as acheté l'appartement Patrizzi ! » Fliss dit avec un réel plaisir. « Je suis sûre que la polizia est allée en ville avec lui. »

Hero fronça les sourcils. « La police ? »

« Ils l'ont arrêté parce qu'ils le soupçonnent de t'avoir attaqué. »

« Non, non, non, ce n'était pas lui, *ce n'était pas lui*... oh, mon Dieu, non ! » Hero sentit l'hystérie monter en elle.

Fliss eut l'air alarmé et se leva pour la serrer dans ses bras. « Chut, chut, ça va. Calme-toi. Ils l'ont laissé partir. Il avait plus d'un alibi. Mais Hero... cela veut dire que quelqu'un t'a attaqué ? »

Hero acquiesça. « Oui. Mais ce n'était pas Arturo. Je te *jure* que ce n'était pas lui. »

« Je te crois. » Le visage généralement joyeux de Fliss était sombre. « Qu'as-tu l'intention de dire à la polizia ? »

Hero soupira. « J'aimerais juste... je dois d'abord réfléchir à certaines choses. » Elle devait absolument essayer de retrouver une pensée claire, malgré le trou béant dans son crâne.

« D'accord. Et entre toi et Bachi... ?

« C'est terminé, » murmura Hero, qui souffrait toujours de ne pas l'avoir à ses côtés. Il l'avait quitté au moment où elle avait le plus besoin de lui. « Plus maintenant. Pas après... » Le poids sur sa poitrine devint alors trop lourd et elle se mit à sangloter doucement.

« Oh, ma chérie. » Fliss l'enlaça et la serra dans ses bras alors qu'elle sanglotait. Enfin, Fliss écarta les cheveux humides de son front. « Écoute, quand est-ce qu'ils te laissent sortir ? »

« D'ici quelques jours. »

« Alors, tu peux venir habiter avec moi. Aussi longtemps que tu en auras besoin. J'ai une chambre d'amis ; elle est propre et tu y seras en sécurité. Pas de discussion. »

Hero lui sourit. « Tu es vraiment la meilleure, tu le sais ça ? »

« Oh oui, je suis au courant. » Répondit Fliss en souriant. « Je pense que tu devrais dormir un peu, maintenant ma chérie. As-tu besoin de somnifères ? »

Hero secoua la tête. « Mais je ne dirais pas non à des analgésiques. »

Fliss lui serra la main. « Je reviens tout de suite, ma belle. »

Plus tard, seule dans sa chambre, Hero tomba dans un sommeil agité, tourmenté par les images du beau visage d'Arturo plein de rage et de haine pour elle. Elle ne comprenait pas que la nouvelle ait été une raison pour qu'il s'éloigne de lui si froidement. Ce n'était qu'un appartement et il avait dit qu'il avait de vrais sentiments pour elle. Malgré tout, elle aurait dû le lui dire plus tôt. Elle se fichait de ce foutu appartement maintenant. S'il le voulait, il pourrait l'avoir.

Mais l'idée qu'il puisse la détester la rendait malade. Elle avait fini par tomber amoureuse de lui, en si peu de temps... elle aimait Arturo Bachi. Et maintenant, elle devrait vivre avec le chagrin de savoir qu'elle ne le reverrait plus jamais.

13

CHAPITRE TREIZE

« Explique-moi encore ça s'il te plait. C'est Hero qui a acheté l'appartement Patrizzi ? »

Arturo acquiesça rapidement. Peter se rassit dans son fauteuil, clairement abasourdi. « Et elle s'est fait attaquer là-bas ? »

« Apparemment, oui. Mais par qui ? »

« Est-ce qu'elle a une idée ? »

Arturo détourna les yeux de Peter et ne dit rien. Peter soupira. « Tu n'es pas allé la voir. »

« Non. »

« T'es en colère ? »

« Oui. Et non. Putain, je ne sais même pas quoi penser. Elle ne m'a rien dit, tout ce temps. »

Peter le fixa avec un regard noir. « *Tout ce temps* ? Arturo, cela fait moins de deux semaines. Peut-être qu'elle ne savait pas comment te le dire. Peut-être qu'elle a eu peur. Peut-être qu'elle ne voulait pas que tu le découvres. »

« Alors pourquoi m'a-t-elle invitée à l'appartement ? Elle savait. » Arturo se leva et regarda par la fenêtre.

Peter le regarda.

« Turo », dit-il d'une voix douce, « je t'ai dit de ne pas tomber amoureux d'elle. »

« Peu importe. C'est fini maintenant. »

« Pardonne-lui. C'est juste un putain d'appartement. Bon sang, Turo. Tu prétendais l'aimer, mais, en fait, tu n'as aucune idée de ce qu'est l'amour si tu penses que l'histoire de cet appartement siffle la fin de votre relation »

Arturo se retourna et lui adressa un sourire triste. « Je lui ai pardonné à la seconde où elle me l'a dit. À présent, c'est à elle de me pardonner et je ne pense pas que cela se produira. Je suis parti, Pete. Je l'ai abandonnée quand elle avait le plus besoin de moi. Comment diable puis-je demander pardon pour cela ? »

Le regard sur le visage de Pete lui dit que son ami était plus que d'accord avec lui.

ARTURO OUVRIT l'enveloppe et sortit les documents en fronçant les sourcils. Que se passait-il ? C'était l'acte à l'appartement de Patrizzi. En *son* nom. Qu'est-ce que c'était que ce bordel ?

"Marcie ? Qui a laissé ces papiers ? »

Marcella entra. « Une jeune fille aux cheveux courts et bouclés. Une Anglaise, très jolie. Qu'est-ce que c'est ? »

Arturo lui tendit les documents et elle les lut, les yeux écarquillés. « Sensationnel. Alors, tu as finalement acheté l'appartement ? »

« Non. D'où ma confusion. »

Le téléphone sonna sur le bureau de Marcie et elle sortit en refermant la porte derrière elle.

Arturo relut les documents. Alors, Hero lui donnait l'appartement ? Cela devait être une erreur. Mais c'était là, noir sur blanc. Son rêve lui était remis sur un plateau et cela ne lui avait pas coûté un sou.

Cela lui a juste coûté la femme qu'il aimait. Quel cauchemar !

FLISS AVAIT INSISTÉ pour s'occuper de tout, et avait demandé que les affaires de Hero soient déplacées de l'appartement, où elle n'avait jamais passé une seule nuit, dans sa grande chambre joliment meublée.

« Je veux te payer un loyer », insista Hero. Bien que Fliss ait fait la grimace, Hero n'avait pas attendu sa réponse.

Elle et la jeune Anglaise se rapprochèrent très vite et au fil des semaines, Hero commença même à aider dans le petit magasin d'art. Un jour, elle était seule dans le magasin quand un homme qu'elle ne reconnut pas entra, il était habillé avec élégance. « Miss Donati ? »

Elle fut immédiatement sur ses gardes. « Qui demande ? »

Il eut un gentil sourire. « Je travaille pour Signore Bachi. Il m'a demandé de vous apporter ceci. » Il lui tendit une enveloppe, lui fit un signe de la tête, et quitta le magasin.

Hero regarda l'enveloppe. Entendre le nom d'Arturo l'avait profondément touché, elle se sentait la fois heureuse et triste à l'intérieur. Mon Dieu... elle était à la fois curieuse et terrifiée. Elle inspira profondément et ouvrit l'enveloppe.

Il n'y avait pas de lettre, juste un chèque d'un montant de cinq millions d'euros. Le message était clair. Arturo ne voulait plus avoir de liens avec elle.

« Oh, putain, putain, » murmura Hero, les larmes aux yeux. C'était son dernier espoir de pouvoir rester en contact avec Arturo. Elle fourra le chèque dans l'enveloppe puis la porta à son visage. Elle pouvait sentir son odeur fraîche et épicée sur l'enveloppe, et un souvenir lui revint. Elle se souvint de ses lèvres sur les siennes affamées de baisers, de ses bras autour d'elle. La manière dont il tenait ses bras de chaque côté de sa tête alors que son sexe s'enfonçait au plus profond d'elle, la poussant vers l'extase. De l'amour dans ses yeux.

Hero baissa la tête et commença à pleurer. *Reprends-toi.* Mais elle n'y arrivait pas. Cette perte était différente de toutes celles qu'elle avait connues dans sa vie, elle était trop récente et la douleur était accablante.

. . .

CACHÉ à la terrasse d'un café de l'autre cote de la place, il la regardait. La poitrine d'Arturo lui faisait mal en la voyant pleurer. Était-ce des larmes de soulagement par ce qu'il avait payé pour l'appartement ? Ou, était-ce des larmes de douleur à cause de leur séparation ?

Il n'était plus en colère contre elle pour l'appartement. Bon sang, il ne ressentait plus rien pour quoi que ce soit maintenant. Arturo aurait pu se rendre au magasin pour la voir et lui demander pardon... mais la pensée qu'elle pourrait le rejeter lui faisait manquer de courage. Son cœur ne le supporterait tout simplement pas. Il savait maintenant qu'il avait aimé Flavia comme le garçon égoïste qu'il avait été à l'époque. Mais il aimait Hero comme l'homme qu'elle avait fait de lui.

Arturo se détourna et se dirigea rapidement vers le commissariat. Il n'est peut-être plus avec Hero, mais cela ne l'empêcherait pas de chercher à savoir qui l'a attaqué. La police l'avait en effet suspecté, mais il avait toujours de l'influence.

Il en apprit davantage lorsqu'il demanda à parler au détective principal. « Signorina Donati était menacée, Signore Bachi. Elle avait reçu des menaces de mort. Elle est venue nous voir la semaine dernière avec certaines lettres, mais nous ne pouvions rien faire. C'est tout ce que je peux vous dire. »

Arturo eut du mal à garder son sang-froid, il savait que s'il explosait, il ne pourrait pas avoir les informations qu'il désirait. "Mais quelqu'un l'a attaquée ? Est-ce qu'elle était sous protection ? »

« Nous n'avons pas assez d'hommes disponibles. »

Arturo était en colère en quittant le commissariat. Il prit le téléphone, pour demander à son chef de la sécurité d'organiser la protection de Hero. « Mais, et c'est important, qu'elle ne remarque rien. Ils doivent être discrets et je ne veux pas qu'elle soit espionnée. » Il expliqua clairement ce dont il avait besoin et mit fin à l'appel. Il était tellement tenté de retourner dans la petite rue avec le pittoresque petit magasin d'art, mais c'était de la folie. Cela lui causerait que plus de douleur. Pire encore, cela ne ferait que la blesser davantage, et il ne voulait pas ça, quoi que cela lui coûte.

Au lieu de cela, il se rendit au bureau et alla chercher Peter, qui le regarda et attrapa sa veste. « Allons-y. »

« Où allons-nous ? »

« La *Villa Claudia*. Tu as besoin de quelque chose pour te distraire. »

HERO FERMAIT la boutique quand elle entendit quelqu'un l'appeler. En se retournant, elle vit George Galiano souriant qui marchait vers elle et son cœur se serra. Elle inspira profondément avant de plaquer un sourire sur son visage pour le saluer.

« *Ciao, Bella*. » Il l'embrassa sur la joue, puis fit un signe de tête au magasin. « Vous travaillez ici maintenant ? »

« Je donne juste un coup de main. »

Il acquiesça. « Je vois. Je ne faisais que passer, et j'ai cru vous reconnaître. Venez boire un verre avec moi. »

Par politesse, Hero l'accompagna dans un bar au bord du lac.

« Asseyons-nous dehors, la nuit est si chaude. »

Hero s'en moquait. « Ok. »

George parla agréablement pendant un moment de tout et de rien, tandis que Hero l'écoutait à peine. Puis il s'assit et l'étudia. « J'ai appris que vous aviez eu un accident. Je suis vraiment désolé. Avez-vous encore mal ? »

« Non ». Pas physiquement.

« J'ai aussi cru entendre que vous n'étiez plus avec Arturo. »

Hero soupira. « C'est incroyable comme les gens s'intéressent à ce qui ne les regarde pas. »

« C'est une petite ville, Hero, et Arturo est toujours une source de commérages et de bavardages. »

« Cela semble vous intéresser au plus haut point. »

George haussa les épaules. « Arturo et moi... sommes de très vieilles connaissances. »

« Vous me l'avez déjà dit. Flavia l'avait trompé avec vous. » Cela ressemblait à une accusation, que Hero regretta sur le coup.

George se pencha en avant et ses yeux brillèrent de malice. « Effectivement. Elle ne s'entendait pas très bien avec Arturo, mais je ne suppose qu'il n'a rien dit à ce sujet. Il aime toujours être vu comme la victime. Il vous fera la même chose. Dites-vous bien que vous êtes la femme intéressée qui l'a utilisé et qui l'a ensuite jeté. »

Hero fut piquée par son dépit. « Ce n'est pas l'homme que je connais. »

« Vous le connaissez depuis deux semaines, Hero. » George se rassit. « Je le connais depuis toujours. »

« Merci pour le verre, je pense que je ferais mieux de partir. » Hero se leva. « Cela ne m'intéresse absolument pas d'être impliqué dans un conflit entre vous et Arturo. »

George éclata de rire. « Vous ne comprenez pas encore ?' Vous êtes déjà impliqué. Vous avez été impliqué au moment où vous avez baisé Arturo. »

Furieuse, Hero se détourna de lui... et tomba nez à nez avec Arturo.

14

CHAPITRE QUATORZE

Arturo la fixa et sentit le désir désespéré de la prendre dans ses bras et de l'embrasser pour effacer la douleur de ses yeux. Hero était pâle, en colère et d'une beauté incroyable. « Hero... »

Ses yeux se remplirent de larmes. « Bonsoir, Turo. »

Quand elle prononçait son nom comme ça...

« Écoute, je... »

Puis il le vit : George Galiano se leva. Le cœur d'Arturo se figea et sa mâchoire se serra. « Galiano. »

Hero - *Dieu*, qu'elle était belle - baissa les yeux sur ses pieds, son visage rougissant et Galiano avait l'air content. Qu'est-ce qu'elle faisait avec *lui* ?

George avait l'air triomphant, ses yeux brillaient de malveillance. « Bachi. Armley », avait-il ajouté en voyant Peter, qui se tenait derrière Arturo. Arturo baissa les yeux sur Hero, qui leva les yeux et rencontra son regard.

Personne ne dit rien pendant un long moment, la tension était palpable entre eux. Brusquement, Hero, la main sur sa bouche, s'éloigna d'eux, courut à travers la place et disparut dans une rue latérale.

Arturo la fixa, le cœur brisé. *Reviens. Reviens, je t'aime, je suis désolé...*

« Tu as encore une fois fait peu de cas du cœur de cette petite fille. Comme tu l'as fait avec Flavia, par le passé. » La voix de George Galiano s'insinua dans son cerveau, et Arturo se retourna vers lui, les poings serrés.

« Tu as intérêt à la laisser tranquille, Galiano. Hero Donati n'est pas un pion que tu peux utiliser pour m'atteindre. »

George éclata de rire. « Je ne joue à aucun jeu, Arturo. Je ne fais qu'énoncer un fait. Et d'ailleurs, tu as probablement abandonné tout droit de dire quoi que ce soit, après que tu l'aies abandonné à l'hôpital. Quel genre d'homme fait ça ? »

Arturo répondit en lui donnant un coup de poing au visage. Qui tomba à la renverse, de l'autre côté de la table, faisant tomber trois autres personnes, ce qui fit bondir les patrons du café.

Pete avait pratiquement jeté Arturo dans sa voiture, et il avait démarré avant qu'Arturo ne puisse s'en prendre à George. « Seigneur, Turo. » Il secoua la tête alors qu'ils filaient hors de la ville et se dirigeaient vers la maison d'Arturo. « Tu as vraiment besoin de reprendre tes esprits. »

Arturo, dont la colère s'était dissipée dans le siège du conducteur, marmonna. « Tu l'as vue ? Mon Dieu, elle avait l'air tellement blessée. »

Peter soupira. « Turo, tu ne vas pas aimer ce que je vais te dire... mais entre vous deux... c'est toxique. Vous n'êtes pas bien l'un pour l'autre. Reste loin d'elle. »

Arturo aurait voulu avoir quelque chose à lui répondre, mais il était dévoré par la tristesse, et la culpabilité. Après que Pete lui ait finalement fait promettre plus tard dans la soirée de ne pas chercher à la contacter, il était resté seul. Arturo n'arrivait cependant pas à arrêter de penser à elle : les bleus encore frais sur son visage, la douleur dans ses yeux. Il savait qu'elle l'aimait aussi. Mais peut-être que Peter avait raison. Peut-être qu'ils n'étaient pas faits pour être ensemble. Peut-être qu'elle n'aurait pas été blessée ou menacée si elle n'avait pas été avec lui.

Il appuya sa tête sur la vitre fraîche de la fenêtre de sa villa et regarda les lumières de la ville. « Je suis désolé », murmura-t-il en fermant les yeux.

Le lendemain matin, Hero se réveilla en entendant un vif échange. Clignant des yeux à la lumière pâle du matin, elle enfila sa robe et alla découvrir ce qui se passait. Fliss la rencontra dans le couloir. « Tu as un visiteur. Je lui ai dit que tu dormais, mais elle m'a dit de te réveiller. »

« *Elle* ? » La porte s'ouvrit alors et Hero la vit. « Melly ? »

« Tu attendais quelqu'un d'autre ? »

Hero se précipita vers sa sœur et l'étreignit avec une force incroyable.

Fliss, apparemment terrifié par Imelda, s'était excusé pour aller travailler. « Faites comme chez vous », leur dit-elle, puis dit à voix basse à Hero : « Valium, héroïne, morphine... »

Hero cacha un sourire. « Merci Fliss. Je suis désolée de t'envahir ainsi. »

« Hey, *mi casa es su casa*. On se voit plus tard. »

Hero prit une profonde inspiration et alla faire face à sa sœur. Imelda préparait du café, ouvrait le réfrigérateur et cherchait de la crème. Elle s'arrêta quand Hero entra et s'appuya contre le chambranle.

« Alors, » Imelda plaqua sa main sur sa hanche et fixa Hero avec un regard acéré, « Qui t'a fait *ça* ? » Elle enfonça un doigt dans les bleus qui commençaient à tirer au noir. « Pourquoi ne m'as-tu pas appelé alors que tu étais dans ce foutu hôpital... et qui est ce milliardaire que tu as baisé ? »

. . .

ARTURO TRAVERSA la villa Claudia en essayant de se concentrer sur ce qu'il voulait en faire. Le pire était qu'il avait imaginé sa vie avec Hero ici. Il l'avait rêvée, traînant ses doigts dans la glycine et le jasmin ; le parfum sur sa peau plus tard alors qu'ils dansaient au clair de lune ; des bougies coulaient sur la longue table de pierre ; les restes de leur souper ; des bouteilles de vin vides parsemées dans le jardin. Hero, les pieds nus, vêtue d'une robe de coton légère, ses cheveux lisses coulant dans son dos ; dans ses bras, ses lèvres contre les siennes.

Arturo ferma les yeux et rêva du reste.

Il embrassa ses paupières, ses cils noirs dont l'ombre tombait sur ses joues. Il murmura « Je t'aime. » Ses doigts glissèrent les minces lanières de sa robe le long de ses bras, la robe glissant par terre. Dévoilant ses seins, si pleins, si doux dans ses mains, les mamelons se durcissant au fur et à mesure que sa langue les caressait. La couchant sur l'herbe épaisse de la pelouse, enfouissant son visage dans son sexe alors qu'elle se tordait et haletait sous lui. Suçant son clitoris jusqu'à ce qu'elle le supplie et glisse sa bite dure dans son sexe humide. La rougeur de ses joues au moment de l'orgasme.

Arturo gémit et s'assit sur le sol de pierre froid. Comment cela lui était-il arrivé ? Il ne s'était pas attaché à une femme. Il baisait avec des femmes sans jamais les rappeler. Il refusait catégoriquement de s'impliquer. Et il ne s'est certainement jamais senti comme ça, deux semaines après avoir fait la connaissance d'une femme.

Au diable tout ça. Il ferait de cet endroit la maison qu'il avait imaginée, quoiqu'il arrive. Il vivrait ici seul et ne laisserait plus jamais une femme l'affecter de la sorte.

Non. Non. Cet endroit avait été fait pour eux, par juste pour lui.

Bon sang.

Il leva la tête et regarda une fois de plus autour de lui, entendant le doux rire de Hero résonner à travers la maison et cela lui suffit.

Je dois la reconquérir.

CHAPITRE QUINZE

« Alors, qui as-tu énervé ? » Imelda baissa les yeux sur les lettres anonymes que Hero lui avait montrées et sur les photos de la jeune fille assassinée.

Hero secoua la tête. « Je ne sais pas. J'ai reçu la première quelques jours après mon arrivée ici. Les trois autres plus tard. La première... est arrivée alors que je rentrais à l'hôtel, j'ai eu l'impression ce soir-là que et quelqu'un me suivait. C'était un homme armé d'un couteau, je pense. »

Imelda la regarda bouche bée. « Et tu n'es pas allée à la police après une telle chose ? »

– Non. Je l'ai ignoré. J'ai pensé que j'étais paranoïaque, je ne m'imaginais pas que c'est sérieux. Je pensais qu'ils... s'étaient trompés de chambre. » Son excuse lui parut ridicule, particulièrement devant l'air sceptique d'Imelda.

« Tu étais avec *lui* cette nuit-là, n'est-ce pas ?

– Oui. »

– Tu devais avoir le cerveau coincé sur le mode bite. »

Hero éclata de rire. « *Quoi* ? »

– Ton cerveau ne fonctionnait pas convenablement. Avec toutes ces endorphines qui circulaient dans ton système. Tu étais bite-matisée »

Hero rit à gorge déployée, se sentant soudain beaucoup plus légère maintenant que sa sœur était là. « Je ne sais pas ce qui me fait dire ça, Melly, mais tu m'as manqué. »

Imelda étudia sa sœur cadette. « Tu sais ce qui est étrange ? Tu m'as manqué, toi aussi.

– Merci », dit sèchement Hero, mais Imelda agita la main.

« Non, ce que je veux dire... c'est que pour une fois, ton absence m'a paru étrange. C'était différent, lorsque tu étais mariée et que tu vivais à Chicago. Mais soudain, c'était comme si... tu étais partie. Partie, complètement partie. Quand nous ne savions pas où tu étais, j'ai sincèrement pensé que tu avais fait quelque chose de stupide. Hero, quand je t'ai dit de te bouger, j'essayais juste de te choquer pour que tu fasses quelque chose. Je ne voulais pas réellement que tu déménages dans un autre pays.

– Je sais, Melly. »

Imelda poussa un petit soupir. « Je n'ai pas été très gentille avec toi en grandissant.

– Non.

– J'étais jalouse. »

Les yeux Hero s'écarquillèrent. « Tu étais jalouse de moi ? Mais pourquoi ? »

– Parce que tu étais gentille et que je ne savais pas comment l'être. Je suis née salope.

– Tu n'es pas une salope », dit Hero avec insistance. « Tu as juste ton franc-parler. » Elle réfléchit, puis sourit. « Parfois, tu pourrais... prendre des pincettes quelques fois. »

Elles rirent toutes les deux.

« Mon Dieu, Melly, c'est si bon de rire. » Hero se frotta le visage, son sourire s'effaçant. « J'ai tout fait de travers depuis que je suis arrivée ici. »

Imelda ne dit rien pendant un instant, et quand elle a repris la parole, sa voix était plus douce, plus gentille. « Est-ce qu'il est vrai-ment si spécial ? »

Hero acquiesça. « Je n'ai jamais rencontré quelqu'un comme lui, Melly, pas même Tom, et Dieu sait à quel point j'ai aimé Tom. Il était le meilleur ami que j'ai jamais eu au monde, mais avec Arturo... » Elle rougit. « Je n'ai jamais connu... une telle connexion, et le sexe... Seigneur, Melly. » Elle pouvait sentir les larmes lui monter aux yeux. « Tout m'est venu naturellement, tu sais ? »

Imelda soupira et prit la main de sa sœur. « Hero... Je déteste dire ça parce que je ne peux pas lui pardonner de t'avoir laissée seule à l'hôpital, mais si tu ressens vraiment les choses de cette façon, il y a peut-être une chance ?

– J'aimerais vraiment y croire, mais je ne pense pas qu'il y ait beaucoup d'espoir. »

ARTURO FINIT de parler à son conseil d'administration après s'être assuré que le changement de nom de la Villa Patrizzi, ne leur posait aucun problème. Ils semblaient ne pas s'en soucier ; ils étaient simplement ravis qu'il ait acquis le dernier appartement, et tout cela gratuitement pour eux. Il ne leur avoua pas dit qu'il avait remboursé à Hero de toute la somme qu'elle avait payée. Le coût n'était rien par rapport à tous les millions que cela allait rapporter. Peter avait été agacé, mais il avait finalement capitulé. « Après tout, c'est ton argent, mon pote. »

Arturo sourit. « Tu es très passif agressif. »

Peter avait ri. « Je te comprends. Écoute, Philipo est sorti de son clocher pour savoir si tu allais bientôt aller le voir. »

Philipo, l'oncle d'Arturo, dirigeait peut-être la Fondation Bachi, mais c'était aussi un personnage solitaire. Arturo pouvait compter sur les doigts d'une main les fois où il avait vu son oncle au cours des dix dernières années. Peter le voyait plus que lui, sachant qu'il était le lien entre Arturo et le fonds fiduciaire géré par son oncle.

Arturo était surpris d'avoir été convoqué et, quand Peter et lui se rendirent chez le vieil homme, il fut choqué devant la fragilité de son oncle. Il jeta un coup d'œil à Peter, qui semblait tout aussi surpris.

« Comment vas-tu, mon oncle ? »

Philipo agita la main. « Je suis vieux, mon garçon, je vois l'inquiétude sur ton visage. Je t'ai demandé de venir pour une raison particulière. Ton quarantième anniversaire aura lieu dans un an, mais j'ai
pris la décision de libérer tes fonds fiduciaires plus tôt que prévu. Il y
a de fortes chances que je ne sois pas présent pour ton anniversaire.
J'ai un cancer. »

Arturo n'eut même pas le temps de digérer cette nouvelle avant
que Philipo ne poursuive.

« N'ait pas l'air si navré, j'ai vécu une belle vie. » Il regarda Peter. «
Mais il y a une clause. Peter sera maintenant mon exécuteur testamentaire. Je n'ai pas oublié ce qui a poussé ton père à créer ces condi-
tions, après la manière dont tu t'étais comporté.

– L'argent est le moindre de mes soucis pour le moment »,
répondit Arturo. « Il doit y avoir quelque chose à faire pour ta santé.
Je pourrais t'emmener te faire soigner à Sloan-Kettering. »

Philipo secoua la tête. « Je ne désire pas me battre contre la maladie. Je suis prêt à mourir, Arturo. Je veux juste rejoindre ma
Giovanna. »

Le regard nostalgique sur le visage du vieil homme grincheux
ramena Hero à l'esprit d'Arturo, et Philipo sembla deviner ce qu'il
pensait.

« En parlant d'amour... » Un sourire éclata sur le visage du vieil
homme. « J'ai entendu dire que tu avais un nouvel amour. Une
Américaine. »

Arturo se racla la gorge maladroitement, essayant toujours de
savoir comment ils pouvaient parler de sa vie amoureuse après que
son oncle eut annoncé qu'il était en train de mourir. « C'est... compliqué, mon oncle.

– Ha », cria son oncle. « Ce n'est jamais compliqué, si tu l'aimes.
Est-ce que tu l'aimes ?

– Énormément. » Arturo pouvait sentir le regard de Peter posé
sur lui. « Je vais essayer de la récupérer, mon oncle. Ai-je ta béné-
diction ?

– En as-tu vraiment besoin ? Qu'importe, je te la donne. Ne
galvaude pas l'amour, Arturo. » Philipo le fixa avec un regard acéré et

puissant qui n'avait rien perdu face à la maladie qui était en train de le tuer. « Cela veut aussi dire que tu ne dois pas perdre de temps. »

SUR LE CHEMIN du retour au bureau, Peter étudia son ami. « Tu vas essayer de récupérer Hero ?

— Oui. J'ai vraiment besoin d'elle, Peter. Elle est tout ce que je veux. Je n'ai plus goût à rien sans elle. »

Peter resta silencieux, Arturo savait que son ami était inquiet. Il lui dit dans un demi-sourire. « Pete, je sais ce que tu penses, mais c'est différent cette fois-ci, je ne suis plus un ado attardé. Je suis plus vieux maintenant. Je sais ce que je veux.

— Je ne veux tout simplement pas que tu mettes ta vie entre les mains de quelqu'un que tu as rencontré il y a deux semaines, même si c'est le meilleur coup de ta vie. »

Arturo soupira. « Pete, ce n'est pas juste à cause du sexe avec Hero... c'est elle. Je n'ai jamais eu cette connexion avec qui que ce soit... pas même Flavia. Tu me connais, j'évite toujours de m'impliquer et pourtant, quand j'ai rencontré Hero, tout a changé. J'ai réalisé ce qui était important.

— Et pour bien montrer à quel point tu tenais à elle, tu l'as abandonnée à l'hôpital. »

Il fit la grimace. « J'étais sous le choc. C'était la confusion la plus totale. Et ma stupide fierté masculine. Je m'en fous maintenant. Je veux qu'elle revienne. Je sais que j'ai toujours ce que je veux, mais je pense qu'elle le veut aussi, Peter. Nous avons besoin l'un de l'autre. C'est une évidence. J'ai tellement besoin d'elle... Je crois qu'elle a aussi besoin de moi. »

Peter préféra se taire.

En revenant au bureau, Arturo salua Marcella puis alla dans son bureau et ferma la porte. Inspirant à pleins poumons, il prit son téléphone, parcourut ses contacts et composa le numéro de Hero, puis appuya sur « Appeler ». Lorsqu'il entendit sa voix douce, nerveuse et tremblante, il sourit. « C'est moi. Est-ce qu'on peut parler ? »

CHAPITRE SEIZE

Arturo vit une grande blonde traverser le restaurant et fut surpris lorsqu'elle s'arrêta à sa table. Son visage, patricien et élégant, était magnifique, mais ses yeux étaient méfiants et hostiles. « Signore Bachi ?

– C'est moi. »

Elle tendit la main. « Imelda Donati. »

La sœur de Hero. Arturo se leva et lui serra la main en fronçant les sourcils. « Hero va bien ? Je croyais qu'elle se remettait de ses blessures...

– Elle va bien. Elle est actuellement à la maison, et elle boude parce que je ne l'ai pas laissée venir. Puis-je m'asseoir ?

– Bien sûr. » Il lui tendit sa chaise, tant de questions tourbillonnaient dans son esprit. Hero avait-elle changé d'avis et refusait de le voir ? Que voulait dire cette femme, quand elle avait dit que n'avait pas laissé Hero venir ?

Imelda Donati l'étudiait. « Je devine ce que vous pensez. C'est une femme de vingt-huit ans. Comment puis-je l'empêcher de faire ce qu'elle veut ? Signore Bachi... Je voulais d'abord vous parler, vous rencontrer, voir l'homme qui a mis ma sœur dans le pétrin dans lequel elle se trouve. »

Arturo acquiesça. « Dans ce cas, je vais essayer d'être honnête et de ne pas vous laisser perdre ton temps. Vous êtes ici pour voir si je suis assez bien pour Hero. Laissez-moi être clair. Je ne le suis pas. Je ne suis pas assez bien pour elle. Mais je veux faire tout ce que je peux pour devenir l'homme qui le deviendra. »

Imelda leva un sourcil parfaitement soigné. « Vous devriez savoir, Signore Bachi, que je ne suis pas facilement impressionnée par un joli visage, même aussi beau que le vôtre. Il me faudra plus que des mots pour me convaincre que vous tenez à ma sœur. Nous avons failli la perdre quand Tom et Beth sont morts. Quand elle s'est réveillée au bout de trois mois, elle a découvert que son mari et sa fille étaient morts, et j'ai dû lui dire que nous les avions enterrés sans elle... Je ne veux plus la voir souffrir.

– Je jure devant Dieu, je veillerai à ce qu'elle soit aimée pour le restant de ses jours si elle me le permet », déclara Arturo la gorge serrée. « Je ne peux pas dire à Hero quoi faire, je veux qu'elle soit libre, heureuse, et plus que tout, en sécurité.

– En sécurité. » L'impression d'Imelda changea du tout au tout, perdant un peu de sa férocité, pour faire apparaitre la peur sur son visage. « Signore Bachi...

– S'il vous plaît appelez-moi Arturo. »

– Arturo... saviez-vous que Hero avait été menacée avant d'être attaquée ? »

Il acquiesça. « Je viens d'apprendre qu'elle avait reçu des lettres anonymes de menace avant l'accident... l'attaque. Elle l'a donc confirmé ? Elle a été attaquée à la Villa Patrizzi ? »

Imelda soupira. « Oui. Un homme l'a saisie par-derrière, l'a battue et lui a dit qu'il n'allait pas la tuer "cette fois-ci". »

Arturo eut soudain la bouche sèche, mais Imelda continua à parler afin qu'il ne sombre dans l'horreur ou la misère.

« Elle n'a aucune idée de qui il était et pourquoi il l'avait dans son collimateur. Arturo, si vous tenez à elle autant que vous le dites, prouvez-le. Aidez-moi à trouver qui menace ma sœur.

« Je ferais tout ce qui est en mon pouvoir. » Arturo tendit la main et saisit la sienne, en la serrant fermement. « *Tout.* »

Imelda le regarda, libérant doucement sa main. « Alors peut-être que vous pouvez me dire qui est cette femme sur ces photos qui ont été envoyées à Hero. »

Elle plaça les deux photographies sur la table devant lui. La poitrine d'Arturo se déchira quand il vit. Flavia. Blessé et terrifiée, puis massacrée. Elle ressemblait tellement à Hero... le sens était clair. Celui qui a envoyé les lettres était le tueur, et il voulait aussi tuer Hero. Pourquoi ? Il déglutit difficilement.

Non, cela n'arriverait jamais, ce fils de pute ne la toucherait pas. Ce n'était pas à lui de décider du sort de Hero, de dire si elle allait vivre ou mourir. Non.

Arturo regarda Imelda, les yeux intenses, sérieux.

« Je mourrais avant que quoi que ce soit n'arrive à Hero. Je tuerais qui que soit qui attentera à sa vie. Vous avez ma parole, Imelda. »

Imelda l'étudia pendant un long moment, puis se leva pour partir. « Vous pouvez voir Hero. Ce soir. Elle fouilla dans son sac à la recherche d'un bout de papier. « Voici l'adresse. Ne me décevez pas, Signore Bachi.

– Je jure devant Dieu, je ne le ferai pas. Je ne vous laisserai pas tomber. Plus important encore, je ne décevrai pas Hero. »

IMELDA ANNONÇA à Hero qu'Arturo viendrait la chercher à huit heures. « Emporte un sac de voyage. Tu restes avec lui ce soir. »

Le bonheur fit envoler le cœur de Hero. « C'est ce qu'il a dit ?

– Non, c'est moi qui le lui ai permis. »

Hero sourit. « Mais qui es-tu, ma maquerelle ?

– Arrête ça.

– Ma maquerelle de sœur. »

Imelda leva les yeux au ciel. « Tu as fini ? »

Hero a étreint sa sœur. « Oui, j'ai fini. Merci, merci.

– Hero... il a l'air d'un homme bon, mais c'est à toi de voir. Je lui ai montré les horribles photos de cette fille, Flavia. Il est d'accord avec moi... tu es en danger. Mais il ne sait pas plus que toi, qui peut t'en vouloir à ce point, il n'a jamais su qui avait tué son ex-petite amie. Il est convaincu que c'est le même homme, et je suis d'accord. Tu dois absolument être prudente. Il a mis en place une protection pour toi, et pour moi aussi, aussi longtemps que je suis ici avec toi. » Elle esquissa un sourire. « Il est assez tenace. »

HERO PRIT un long bain dans la baignoire de Fliss cet après-midi-là et s'habilla avec soin. Son corps entier tremblait d'impatience à la pensée de voir Arturo, mais elle était nerveuse comme jamais. Quand il avait appelée, elle avait été ravie, mais Imelda lui avait dit de tempérer son enthousiasme, puis elle avait insisté pour voir Arturo elle-même avant de lui permettre de le rencontrer. Seule sa relation nouvellement établie avec Imelda, aussi fragile soit-elle, avait amené Hero à accepter cet arrangement.

Il ne lui restait plus que quelques heures, avant de le voir. La pensée de regarder dans ses yeux et de sentir sa peau contre la sienne... la faisait frémir. Mon Dieu, comment pourrait-elle être sûre d'arriver à garder la tête froide ? Hero prit une inspiration tremblante, ouvrit la fenêtre du balcon de sa chambre et contempla Como. La journée avait été chaude, mais en cette fin d'après-midi, la chaleur commençait à se dissiper, faisant place à une atmosphère étouffante.

Hero se glissa dans une robe de coton d'un rose pâle et brossa ses longs cheveux. Se souriant à elle-même, elle espérait qu'ils seraient emmêlés avant la fin de la nuit. Elle ferma les yeux et se souvint de la façon dont ses doigts caressaient son dos nu et la faisaient frissonner.

À HUIT HEURES, son ventre était noué. Fliss et Imelda étaient sorties dîner. Fliss avait décidé de se sacrifier, en allant dîner avec Imelda. Elles avaient laissé Hero arpenter l'appartement, au fur et à mesure que sa nervosité augmentait.

La sonnerie de l'interphone la fit sursauter elle sentit son cœur battre à tout rompre. Elle fit une pause avant d'ouvrir la porte.

Il était à couper le souffle dans un pull bleu foncé et un jean bleu, le voir si beau la fit trembler de tout son corps. Elle aurait pu s'évanouir tant la tension était forte, mais comme il ouvrait la bouche pour parler, Hero céda à son désir. Elle se jeta dans ses bras et écrasa sa bouche contre la sienne. Ses bras se resserrèrent immédiatement autour d'elle, sa main berçant l'arrière de sa tête alors qu'il l'embrassait, la bouche affamée. Les larmes de Hero mouillaient leurs deux visages.

« Je suis désolé. Je suis vraiment désolé. » La voix d'Arturo se brisa alors qu'ils faisaient une pause. « Mon Dieu, je ne peux pas te dire à quel point je suis désolé, Hero, il mia amore... s'il te plaît, pardonne-moi.

– Si tu me pardonnes, Turo. Je suis tellement désolée pour le Patrizzi, pour tout. » Elle pleurait de joie de se trouver dans ses bras. Arturo l'embrassa à nouveau jusqu'à ce qu'elle ne puisse plus respirer.

« Il n'y a rien à pardonner, ma douce chérie, rien. Hero... » Il prit son visage dans ses mains. « Je t'aime. Ti amo, Ti amo.

– Je t'aime aussi... Je sais que c'est stupidement rapide, mais je m'en fiche. Je t'aime, Arturo Bachi. »

Il gémit et la prit dans ses bras. « Nous irons chez moi, après, mais pour l'instant, je ne peux pas attendre mon amour. Où est ta chambre ? »

Elle l'embrassa alors qu'il la portait dans sa chambre, ne voulant pas attendre, ils se déshabillèrent rapidement et se laissèrent tomber sur le lit. Arturo glissa sa main entre ses jambes et sourit. « Tu es déjà toute mouillée.

– J'ai pensé à toi, à ça, tout l'après-midi. Turo, n'attends pas. Je te veux à l'intérieur de... oh, oui ! »

Avec un sourire, Arturo enfonça sa queue engorgée au fond d'elle et Hero gémit de plaisir. En s'enfonçant en elle, il tira sur ses mamelons, jusqu'à qu'ils deviennent très durs, caressa doucement la peau douce de son ventre, adorant chaque partie de son corps comme si elle était la chose la plus précieuse au monde. Hero enroula ses jambes autour de sa taille, ses cuisses tendues contre lui, ses mains sur son visage, ses épaules, son dos alors qu'ils faisaient l'amour. Elle ne pouvait s'empêcher de le toucher, et quand ils jouirent ensemble, ils se serrèrent l'un contre l'autre comme si le monde essayait de les séparer.

« Ne me laisse plus partir », murmura-t-elle. Il hocha la tête, les yeux fermés, le front contre le sien.

« Plus jamais... mon amour... »

Ils s'habillèrent et Arturo prit sa main alors qu'ils se dirigeaient vers sa voiture. « J'ai une surprise pour toi. »

Son visage était adorablement rouge après l'amour, ses cheveux ébouriffés, ses yeux sombres brillaient tandis qu'elle le regardait. Ils quittèrent la ville en voiture. Au lieu de se diriger vers le sud en direction de son domicile, il prit la route de la rive nord. Hero, ses cheveux noirs volant dans l'air de la nuit, se mit à rire. « Alors, cette surprise, qu'est-ce que c'est... ?

– Patience. » Il la taquina et elle lui tira la langue en plaisantant. Arturo rit pour lui-même. Il ne leur fallut que quelques secondes pour revenir à la relation qu'ils avaient quittée abruptement. En fait, ces quelques jours leur avaient même fait sauter des étapes. « Mon amour, je sais que nous avons beaucoup à nous dire, et je ne veux rien manquer. Mais ce soir, est-ce que je peux te dire à quel point je t'aime juste toi, et je veux être avec toi. Puis-je mon amour ? »

Hero toucha son visage. « C'est tout ce qui importe. Nous avons tout le temps du monde pour parler. »

Arturo tourna la voiture dans la longue allée de la Villa Claudia et attendit la réaction de Hero. Des centaines de milliers de minuscules lumières blanches avaient été dispersées autour de la terrasse de l'hôtel délabré aux côtés de quelques brasiers de flammes nues disposés le long du terrain. Sous la pergola, des bougies éclairaient la table en pierre et le champagne reposait dans un seau à glace au côté de deux verres.

Hero cligna des yeux plusieurs fois et regarda Arturo. Il lui sourit. « Tu aimes ?

– C'est magnifique, Turo, absolument magnifique. Wow Wow... »

Arturo arrêta la voiture et ils sortirent. Il lui tendit la main et lentement ils montèrent les marches de pierre menant à la terrasse. Arturo lui fit d'abord visiter le domaine, puis ils entrèrent dans l'hôtel. Hero déambulait, passant sa main sur les vieux luminaires, les murs avec le papier peint qui s'écaillait. « C'est incroyable », dit-elle, enthousiasmée, « il y a tellement de caractère dans cette demeure. Est-ce un autre hôtel de tes hôtels ? »

Arturo, la regardant attentivement, et secoua la tête. « Non, c'est un de mes projets personnels... et j'espère que ce sera aussi le tien. »

Hero le regarda, confuse. « Que veux-tu dire ? »

Il lui montra l'hôtel. « Une maison. Ce sera notre maison. Si tu voulais me faire l'honneur. » Il s'approcha d'elle et prit son visage dans sa paume. « *Sposami*, Hero Donati. Je t'aime comme je n'ai jamais aimé personne d'autre. Comme je n'aimerai plus jamais aucune une femme. Épouse-moi. Deviens ma femme. »

Hero lui rendit son regard. *C'est trop tôt. Nous ne nous connaissons pas. C'est fou.* Toutes ces pensées se bousculaient dans son cerveau, mais au lieu de les dire à voix haute, elle ne disait qu'un mot.

« Oui. »

CHAPITRE DIX-SEPT

« **M**ariés. »

Hero hocha la tête un peu embarrassée. « Pas vraiment. Ce n'est pas exactement ce que tu crois. Oui. Et non. »

Imelda regarda Fliss qui haussa les épaules, pour signifier son ignorance totale de ce que voulait dire Hero. Imelda se mit à grincer des dents. « Hero Donati, es-tu mariée ou non à Arturo Bachi ?

– Je pense que oui. Mais pas légalement. Pas encore. Nous avons fait notre propre cérémonie hier soir dans notre futur foyer. Vous devriez voir cette maison, Melly, Fliss, c'est incroyable. C'était un hôtel et...

– Hero, arrête. Ralentis. » Imelda se frotta les tempes. « Est-ce que tu essaies de me dire qu'Arturo t'a demandée en mariage, que tu as dit oui, et que maintenant vous croyez être mariés ? »

Hero soupira. « Oui, oui, et ce n'était pas un faux mariage. C'était réel pour nous. En ce qui nous concerne, nous sommes mariés, mais nous allons attendre un moment pour que ce soit officiel. Pour essayer de... d'apprendre à se connaître.

– Bien jouer ma belle. » Fliss était impressionnée, mais Imelda secoua la tête.

« Vous ne faites que passer d'une catastrophe à l'autre, n'est-ce pas ? » Imelda avait clairement atteint sa limite. « Je jure que plus les jours passent, plus tu deviens folle. Avez-vous au moins parlé de certains des problèmes que vous avez ? Le fait qu'un psychopathe qui a déjà tué une fois, te cible maintenant à cause de votre relation, pardon, *mariage* n'est pas important ? Penses-tu que tout cela va disparaître comme par magie parce que tu t'es fait baiser et que du coup tu ne réfléchis plus ?

– Wow. » Le sourire Hero disparut. « Melly, tu crois que tu parles à un enfant de trois ans ? Penses-tu vraiment que nous n'en avons pas parlé toute la nuit ? Entre la baise et la bêtise, bien sûr. Pourquoi penses-tu que nous avons décidé d'attendre ? Très bien, nous allons donc nous appeler mari et femme, mais nous savons quelle montagne nous devons gravir. J'en ai déjà grimpé quelques-unes dans ma vie, à moins que tu aies oublié. Nous savons, Melly. Mais nous ne laisserons pas cela nous empêcher de vivre nos vies.

– Tu penses peut-être que votre amour peut tout conquérir. Je suis sûr que Flavia le pensait aussi avant qu'un maniaque lui plante un couteau dans le ventre à plusieurs reprises. Il y a quelqu'un qui veut te faire la même chose Hero. Vous avez oublié ça ?

– Bien sûr, que non putain ! » Hero explosa soudain, fatiguée de la condescendance de sa sœur. « C'est moi qu'il veut tuer ! Penses-tu un seul instant que je ne suis pas sur le qui-vive chaque seconde de la journée ? Je pourrais être assassinée à tout moment et je ne sais même pas pourquoi. Cela pourrait se produire aujourd'hui, demain, dans cinq ans. Suis-je censée mettre ma vie en suspens jusque-là ? Ce qui m'arrive est une bonne chose pour moi, Melly. Pourquoi ne le vois-tu pas ? Je l'aime. »

Imelda la regarda longuement avant de quitter la pièce. Hero et Fliss se regardèrent quelques instants, puis elles entendirent Imelda revenir. Elle avait sa valise avec elle. Elle ne regarda pas Hero.

« Felicity, merci encore de m'avoir permis de rester. Vous avez été une hôtesse des plus gracieuses. »

Fliss hocha la tête, les yeux écarquillés, ne voulant pas s'interposer entre les deux sœurs. Hero pâlit en regardant sa sœur. « Où vas-tu ?

– Je rentre aux États-Unis. Je ne vois pas l'utilité de rester ici plus longtemps.

– Mel... »

Mais Imelda était partie. L'appartement resta un moment silencieux. Fliss mit son bras autour de Hero. « Désolée chérie. Écoute, même si cela ne te console pas, moi je suis ravie pour toi. »

Hero lui sourit, les larmes aux yeux. « Vraiment ?

– Bien sûr que oui ! Moi j'aime la romance. Mais en même temps, je suis jeune et irresponsable. Et il me semble, Hero, qu'après tout ce que tu as traversé, tu es jeune et belle, tu devrais vivre ton rêve. Et avec Arturo Bachi... en plus, ma fille, fonce. Puis-je demander quelque chose de personnel ? »

Fliss avait un air si espiègle sur le visage ce qui fit acquiescer Hero. « Est-ce qu'il a un gros paquet ? Je veux dire, il a l'air d'être énorme. Dis-moi tout, on est copines. »

Hero rougit, mais rit. « Arturo a été très gâté dans ce domaine.

– Longueur ou circonférence ?

– Fliss ! » Mais Hero sourit. « Les deux.

– Tu as du bol, petite coquine.

– Oh, je sais. Et l'endurance d'un homme de vingt ans. »

Fliss gémit. « Et l'expérience d'un homme de quarante ans. Oh, bon Dieu, Hero Donati, tu as décroché le gros lot. En plus, il n'est pas désagréable à regarder.

– Je sais, il est magnifique, n'est-ce pas ? » Hero, un peu gênée par les plaisanteries de Fliss, lui fit un sourire. « Bon allez, c'est bon.

– Ça se voit que tu es fière !

– Complètement. » Hero regarda sa montre. « Il sera là dans une demi-heure. Tu veux officiellement rencontrer mon mari ? »

ARTURO AVAIT un sourire béat plaqué sur son visage depuis le moment où Hero avait dit oui. Peter qui en avait été informé soupira en souriant et secoua la tête. « J'aurais dû m'en douter. Vous êtes tous les deux si impétueux, vous vous méritez l'un l'autre. Félicitations mon ami. Vous avez réussi à parler de tout le reste ?

– Si tu parles de l'appartement, c'est une vieille histoire. Je n'aurais jamais dû être aussi obsédé par cela. C'est juste des briques et du mortier. »

Peter fronça les sourcils. « Non, c'était ton rêve, Turo. Ton entreprise. Quoi qu'il en soit, cela n'a plus d'importance maintenant. Tu lui as dit le nom du nouvel hôtel ?

– Non, c'est une surprise que je lui réserve pour un autre jour. Je l'ai emmenée à la Villa Claudia.

– Marcella m'a dit. Elle a dit qu'elle n'avait jamais allumé autant de bougies de toute sa vie. »

Arturo éclata de rire. « Marcie est une merveille. Elle verra à quel point je lui suis reconnaissant en recevant son chèque ce mois-ci. C'était incroyable et toute la nuit était… inoubliable. »

Peter lui sourit. « Je ne t'ai jamais vu aussi heureux. Pas même avec… Flavia. »

Arturo baissa les yeux sur son café pendant un long moment. « Je pense que j'aime Hero tellement plus, et je ne savais pas que ce serait possible. Physiquement, elles se ressemblent beaucoup, mais elles sont en réalité tellement différentes. Hero est maladroite et drôle, Flavia était plus sérieuse et… » Il s'arrêta.

« Égoïste. » La voix de Peter se fit plus dure. « Il est temps de dire la vérité sur Flavia, Arturo. Tu sais déjà qu'elle te trompait. »

Arturo acquiesça, acceptant à contrecœur ce qu'il avait toujours essayé de gommer de ses souvenirs. « Flav a utilisé son apparence pour obtenir ce qu'elle voulait. Hero n'est pas comme cela. Pas même un peu. Elle n'utilise pas les gens pour parvenir à ses fins. »

Peter étudia son ami. « Mais le tueur de Flav veut la mort de Hero. Ce qui me pousse à demander… pourquoi ne l'a-t-il pas tuée au Patrizzi ? Elle était seule et vulnérable et elle n'est pas très lourde.

– Je ne sais pas. Sauf si…

– Sauf si ?

– Non. Ce n'est qu'une idée. » Arturo soupira. « Écoute, je dois aller la chercher... elle emménage à la maison dès aujourd'hui. J'ai tellement hâte, mais j'essaie de me retenir. »

Peter ne sourit pas. « C'est évident, ce n'est pas comme-ci vous étiez mariés ou un truc du genre.

– De manière officieuse », mais Arturo sourit. « J'ai tellement hâte que cela devienne officiel.

– Turo. »

Arturo haussa les épaules. « Je suis amoureux, mon frère et je ne vais absolument pas m'en excuser. »

HERO VENAIT de forcer le dernier vêtement dans sa valise lorsque Fliss s'assit sur le lit. « Cela va me manquer de plus t'avoir ici.

– Je ne serai pas loin et je continuerai à aider dans le magasin. J'espère qu'Arturo ne s'attend pas à ce que je sois une femme au foyer, il risque d'être déçu. Et de toute façon, quand il sera temps de rénover la Villa Claudia, j'aurai besoin de tes compétences artistiques. »

Son téléphone portable sonna et Fliss sauta du lit. « Je vais te laisser finir tranquillement. »

Hero souriait quand elle répondit au téléphone, sans même vérifier l'identité de l'appelant. « Bonjour ?

– Hero Donati ?

– C'est moi. »

Un petit rire se fit entendre, et immédiatement, les sens de Hero se mirent en alerte. « Puis-je vous aider ?

– Si vous pouvez m'aider ? Eh bien, voyons, ma belle. »

Elle fronça les sourcils, n'arrivant à reconnaitre ni la voix ni même l'accent. Elle était trop bien déguisée pour qu'elle y arrive. « Qui êtes-vous ?"

Il y eut un autre rire. « Votre tueur, Hero. La personne qui va vous étriper. »

Le sang se retira du visage de Hero. « Pourquoi faites-vous ça ?

– Quoi ? Pourquoi je vous appelle ? Je voulais entendre votre belle voix, bien sûr. Et pour vous expliquer en détail comment je vais mettre fin à vos jours. J'ai tellement hâte d'y être. »

Hero se mit en colère. « Espèce de fils de pute ! Pensez-vous honnêtement que je vais m'asseoir et...

– *Ferme ta sale gueule, espèce de pute !* » Le soudain passage du murmure au quasi-rugissement de colère laissa Hero sans voix. Elle tremblait. Elle vérifia l'identité de l'appelant. Bloqué. Bien sûr.

« Écoutez, je ne sais pas pourquoi vous avez décidé de vous concentrer sur moi. Je ne connais pas beaucoup de monde ici et je ne pense pas vous avoir fait quoi que ce soit. Qui que vous soyez, sachez que je suis protégée.

– Oh, je sais. Ce ne sera pas suffisant pour m'arrêter. Je vais te vider lentement, ma belle. Ce sera beaucoup, beaucoup plus long qu'avec Flavia. Tu me supplieras de t'achever quand la douleur deviendra insupportable, mais je vais aimer te regarder saigner et je vais profiter de chaque instant. »

Hero serra les dents. « Alors, viens, fils de pute. Qui dit que je ne te tuerais pas la première ? »

Elle raccrocha violemment le téléphone, et faillit le jeter à travers la pièce, mais elle s'arrêta. *Calme-toi. C'est certainement ce qu'il veut.*

Au lieu de cela, elle vérifia sa montre. Arturo serait là dans quelques instants. Elle inspira et attrapa ses affaires.

Fliss attendait dans le salon avec deux verres de vin mousseux. « Juste pour célébrer notre bref moment en tant que colocataires. »

Hero la serra dans ses bras. « Tu es une véritable amie, Fliss. Je demanderai aux déménageurs de récupérer le reste de mes affaires dès que je pourrai les organiser.

– Aucun problème. Ne m'oublie pas.

– Cela n'arrivera jamais. »

Il sourit en entendant la ligne téléphonique s'éteindre. Cela allait gâcher sa soirée avec cet enfoiré d'Arturo. Mon Dieu, il avait tellement hâte de plonger son couteau dans sa chair chaude, mais... l'anticipation était tout aussi enivrante. Après tout, il ne pouvait pas la tuer deux fois, bien que sa ressemblance avec Flavia lui remémore cette nuit glorieuse.

C'était dommage que Flavia soit morte si vite. À cause de la fête qui se déroulait à quelques mètres, il avait dû la poignarder rapidement et brutalement avant qu'elle ne puisse crier ou que quelqu'un d'autre ne s'approche. Hero Donati souffrirait beaucoup plus. Il glisserait le couteau en elle et le laisserait enfoui en elle pour la voir se vider très lentement de son sang. Puis, avant qu'elle ne meure, il se déchainerait, la poignardant rapidement, maintes fois. Pour la *charcuter*. La dernière touche à son plan serait de laisser Arturo retrouver son corps, et de le voir perdre une autre personne qui lui était chère.

Une fois de plus

Si la mort de Flavia l'avait presque rendu fou, le meurtre de Hero le détruirait entièrement.

Il piaffait d'impatience.

CHAPITRE DIX-HUIT

Hero parla à Arturo de l'appel. « Je ne veux pas que ça gâche notre soirée, mais nous avions décidé de ne plus avoir de secrets entre nous. »

Arturo était en colère. « Figlia di puttana ! » Il la prit dans ses bras. « Tu es en sécurité, tu sais ? Je ne le laisserai plus te faire mal, Hero. Je le jure.

– Je sais. » Hero l'embrassa. « Mais, Arturo, je pense qu'il faut absolument faire quelque chose pour trouver ce connard. Nous ne pouvons plus être passifs.

– D'accord. Écoute allons chez moi pour voir ce que nous pourrions faire. Nous ferons appel à tous les détectives et à la polizia. Mais je dois avouer qu'ils ne risquent pas de nous aider beaucoup.

– Nous allons tout essayer. Ce n'est pas comme si nous ne pouvions pas nous permettre une bonne sécurité, mais je ne veux pas vivre en regardant par-dessus de mon épaule. Putain ! »

Arturo lui sourit. « J'aime quand tu dis des gros mots avec cette si jolie bouche.

– Qui prendra bientôt toute ta queue, si tu continues à parler comme ça.

– Je vais insister pour que tu tiennes cette promesse, *Bella*. »

Elle l'embrassa jusqu'à ce qu'ils soient obligés de se séparer pour respirer. « Rentrons à la maison, bébé, j'ai besoin de te baiser. Nous aurons tout le temps demain de jouer aux fins limiers.

Arturo gémit alors qu'il se glissait dans le siège du conducteur. « Regarde ce que tu fais de moi, Hero Donati... »

Elle lui sourit. « Conduis vite, Bachi.

– D'ACCORD. » Hero posa son ordinateur portable sur la table devant Arturo le lendemain matin. « La meilleure chance que nous ayons d'obtenir de l'aide est via le consulat des États-Unis. Si nous pouvons faire en sorte que la police de Côme nous fournisse son rapport sur mon attaque et le moment où je leur ai apporté les lettres de menace, nous pourrons continuer. »

Arturo acquiesça. « Bien. Mais qu'attends-tu du consulat, exactement ?

– Nous devrons de toute façon, nous-mêmes mener l'enquête, on ne peut pas compter sur la Polizia. Mais nous pourrons peut-être, avec le soutien du consulat, obtenir plus facilement des informations auxquelles nous n'avons peut-être pas accès. Le consulat le plus proche est à Milan. Nous allons leur raconter notre histoire et leur demander de l'aide. Ensuite, nous irons informer la polizia locale que le département d'État américain est au courant de cette affaire. Cela devrait les forcera se montrer un peu plus coopératif.

– Je suis d'accord. Pour ma part, je pensais que nous devrions aller voir mon oncle. Tout d'abord, parce qu'il est malade et que j'aimerais qu'il fasse ta connaissance avant... tu vois. Il est un peu bizarre... mais il est vraiment doué pour ne pas laisser l'émotion troubler son jugement. Pour son âge, c'est un personnage au jugement très acéré. S'il peut voir les détails d'un point de vue moins biaisé, il pourrait voir quelque chose qui nous a échappé.

– Comme quoi ? »

Arturo hésita. « Peut-être que c'est quelqu'un qui travaille pour nous, et qui pourrait être plus impliqué que nous le pensons. »

Les yeux de Hero s'ouvrirent largement et elle s'assit lourdement sur la chaise à côté de lui. « Turo... tu ne soupçonnes pas Peter, n'est-cc pas ?

– Je ne sais pas. J'espère de tout cœur que ce n'est pas lui, mais quelque chose me dérange depuis quelque temps. Ce n'est peut-être rien, et j'espère vraiment que ce n'est rien, mais je continue à repasser dans ma tête, la nuit où Flavia a été assassinée. Quand je suis arrivé à la fête, Peter était déjà parti. Mais George était toujours là. C'est lui qui m'a dit que Flavia avait disparu.

– Peter avait-il déjà été agressif envers Flavia ? »

Arturo sourit légèrement. « Peter n'a jamais été agressif envers qui que ce soit, à ma connaissance. »

Hero secoua la tête. « Je ne sais pas pourquoi tu as de tels soup-çons. Bien sûr, je ne connais pas Peter aussi bien que toi, mais Turo, il est la personne, moi y compris, qui a le plus tes intérêts à cœur. C'est la personne en qui tu as le plus confiance. »

Il la regarda un long moment. « Tu as raison. Peut-être que je suis juste paranoïaque. »

Hero lui sourit. « Just un chouia, mon amour. Essayons de ne pas nous aliéner les gens qui sont de notre côté. »

Mais Arturo n'était pas convaincu. Quand il rencontra son ami plus tard au bureau, Peter l'accueillit fraichement, et Arturo en profita pour finalement lui poser la question. « Que t'arrive-t-il, Pete ? Est-ce que je t'ai offensé en quoi que ce soit ? »

Peter soupira. « Non, Turo. Pas du tout, c'est juste... je me méfie tout simplement. Tu me dis que Hero est menacée et que sa vie est en danger, et je ne peux pas m'empêcher de craindre que s'il lui arrive quelque chose, tu n'y survives pas. Et si tu n'y survis pas, moi non plus. Tu es mon frère, Turo, ma famille. La dernière fois, quand tu as presque perdu l'envie de vivre. C'était... horrible. Je ne veux pas que tu revives cela. Et bon sang, je ne veux pas non plus recommencer ça. Une fois nous a largement suffi. »

Arturo se sentit une vague de culpabilité le submerger. « Rien ne va arriver à Hero, Peter. Nous nous en occupons tous les deux et ton aide nous serait grandement utile. Nous voulons découvrir qui a tué Flavia et qui menace Hero et pourquoi.

– Tu es le fil conducteur, Turo », fit remarquer Peter. « Je suis inquiet pour toi. Je crains que la mort imminente de ton oncle le pousse à passer à l'action. Pense un peu à la clause de moralité du testament de ton père... Arturo, si quelque chose arrivait à Hero et que tu étais arrêté, tu perdrais tout. Absolument tout. »

Arturo acquiesça. « Je sais, Pete, crois-moi quand je te dis que sans Hero, rien ne compte pour moi. Franchement, je m'en fiche.

– Ce qui est très noble et romantique, mais nous vivons dans le monde réel. »

Arturo soupira. « Peter, même sans l'entreprise et la fortune de mon père, j'ai plus d'argent que nécessaire.

– Une grande partie y est liée, Turo. L'argent que tu possèdes en bien propre est bien inférieur à ce que les chiffres pourraient indiquer. »

Arturo haussa les épaules. « C'est à toi de gérer tout ça Peter. Si je perds tout, j'aurais Hero, et elle sera est en sécurité avec moi. » Il étudia son ami. « Mais c'est autre chose qui te tracasse n'est-ce pas ? Tu n'aimes pas Hero. »

Peter hésita. « Je n'arrête pas de le dire, mais elle ressemble tellement à Flavia. Je... n'arrive pas à la voir morte, tout comme Flavia. »

Arturo grimaça. « Crois-moi, Pete, cette image me hante aussi tous les jours. Tous les jours. Mais Hero est une battante. Elle ne n'acceptera jamais un tel dénouement. Peux-tu nous aider ? »

– Bien sûr que je vais vous aider. Et ne t'en fais pas, j'aime bien Hero. Je l'aime beaucoup. J'ai juste l'impression que vous êtes tous les deux sur une corde raide, et que si elle casse, ce sera la fin de tout. C'est notre seul espoir.

– J'espère que tu as raison, Turo », dit doucement Peter. « Je l'espère de tout mon cœur. »

HERO ESSAYA ENCORE d'appeler Imelda et tomba une fois de plus sur sa boîte vocale. Elle détestait la façon dont les choses s'étaient passées avec sa sœur, surtout au moment où elles commençaient à trouver un équilibre dans leurs relations. Hero se frotta le visage et termina l'appel sans laisser de message. Elle décida d'appeler sa mère à Kenosha.

« Ma chérie, quel plaisir d'entendre ta voix. » La voix douce de Deirdre Donati donna envie à Hero de pleurer. « Comment vas-tu ?

– Je vais bien, maman, vraiment bien. Comment vas-tu ? Comment va papa ?

– Ton père va très bien maintenant, chérie. Il boude juste parce que je ne l'autorise plus à manger du poulet frit. » Sa mère éclata de rire et Hero se sentit envahie par la tendresse et la tristesse.

« Tu me manques, maman.

– Tu nous manques terriblement à tous les deux, Hero, ma chérie, mais j'entends dire que tu as un nouvel homme dans ta vie ? »

Hero lui parla d'Arturo, essayant de peindre un portrait fidèle de l'homme de sa vie à sa mère. « Oh mon Dieu », dit Deirdre avec un petit rire, « Je pourrais vouloir te le piquer, Hero. Quel joli garçon. »

Hero se mit à rire. « Tu es incorrigible, maman. J'ai hâte de vous le présenter. Son sourire disparut. « Maman… as-tu eu des nouvelles de Melly ? »

Sa mère soupira. « Non, ma chérie, je suis désolée. Tu sais comment elle est quand elle fait la tête. Elle se terre quelque part. Elle a appelé depuis l'aéroport de Milan, mais depuis… rien. Je vais la laisser macérer quelques jours de plus, puis je lui crierai dessus comme le fait toute bonne mère.

– Ne lui crie pas trop fort dessus, maman. C'est ma faute, vraiment. Elle voulait juste prendre soin de moi. » Hero sentit à nouveau en larmes lui monter aux yeux. Elle n'avait pas informé sa mère des menaces de mort, surtout après la crise cardiaque de son père. Il était inutile de paniquer le reste de sa famille. « Dis-lui que je l'aime, s'il te plait ? Que je l'aime et que je suis désolée.

– Je le ferai, mon cœur. Nous t'aimons beaucoup, Hero. Souviens-toi de ça.

– Je t'aime aussi, maman, tellement. Embrasse papa de ma part. »

. . .

APRÈS AVOIR MIS fin à l'appel, Hero se sentit un peu moins abattue. Elle partit à la recherche de son garde du corps et le trouva dans la cuisine en train de boire du café. Gaudio était un imposant Italien, aux cheveux noir attachés dans le dos, son front était lourd et sombre. Il avait l'air terrifiant, mais Hero l'avait adopté dès qu'Arturo les avait présentés. Gaudio semblait effrayant au premier abord, mais Arturo lui faisait confiance. Hero n'avait donc aucun doute sur la capacité de Gaudio à la protéger.

Elle avait également concocté un itinéraire de sortie qui ne prenait pas en considération la menace bien réelle de son agresseur. « Gaudio, j'aimerais aller en ville aujourd'hui. Allez voir mon amie Fliss. C'est possible ?

– Pas de problème, Piccolo. »

Hero sourit. Elle aimait le naturel de la personnalité de Gaudio. Sa présence à ses côtés était vraiment rassurante.

Ils arrivèrent à Côme en fin de matinée. C'était un jour sans nuages et Hero adorait le soleil qui réchauffait son corps. Malgré l'ombre qui pesait sur son avenir, elle arrivait cependant, comme toujours, à se laisser charmer par ce si bel endroit, si plein de possibilités.

Fliss la prit dans ses bras. « Cela fait deux semaines entières », accusa-t-elle en souriant. « S'il te plait, dis-moi que tu as au moins passé tout ce temps à baiser ton magnifique homme ?

– Euh... Fliss, voici Gaudio. Gaudio, ma très chère amie, Fliss. »

Fliss regarda l'homme gigantesque de haut en bas, avec appréciation. « Je devrais peut-être aussi me faire agresser si cela signifie que je pourrais avoir ce monsieur pour me protéger. Bonjour. »

Les dents blanches et uniformes de Gaudio brillèrent à travers sa barbe épaisse. « Bonjour Madame.

– Mon Dieu, appelez-moi Fliss. Madame c'est ma mère. Ou la reine. » Elle fit un clin d'œil à Hero qui rit et se dirigea vers la salle de repos.

« Je vais vous laisser discuter tous les deux, et je vais faire du café », dit Hero.

En souriant, elle les laissa seuls et alla s'occuper de la machine à café, tendant l'oreille à la conversation. Elle en avait eu idée hier soir : Gaudio et Fliss avaient le même sens de l'humour. Elle en avait déjà parlé à Arturo qui avait levé les yeux au ciel.

« Tu joues les marieuses ?

– J'espère bien que oui. »

ELLE PRIT son temps pour passer le café. Ses yeux se posèrent sur le comptoir et elle remarqua une enveloppe avec son nom dessus, avec le reste de son courrier. Son estomac se noua un peu. Son nom était tapé soigneusement sur un papier lourd. Elle la prit par les bords puis, la curiosité l'emportant, la saisit avec des mouchoirs pour l'ouvrir. Ses épaules s'affaissèrent avec soulagement. C'était une invitation imprimée sur du papier cartonné épais.

MISS HERO DONATI *et son invité sont officiellement invités à la fête de l'été à la Villa Charlotte en tant qu'invité spécial de Signore George Galiano.*
RSVP.

«SON INVITÉ. » Cela désignait Arturo. « George est un âne », se dit-elle. Elle jeta l'invitation sur la table puis changea d'avis. Peut-être que cela amuserait Arturo. Elle glissa l'invitation dans son sac à main, puis se saisit du café pour le servir à ses amis.

Elle fit un clin d'œil à Fliss. « Alors, vous êtes ensemble ?

– Tu es aussi subtil qu'un éléphant dans un magasin de porcelaine », dit une Fliss, absolument hilare. « Nous parlions justement, et Gui et moi aimons le même genre de films. »

Elle l'appelait déjà Gui. Hero sourit à son garde du corps et allait juste ouvrir la bouche pour parler lorsque la fenêtre derrière explosa en mille éclats dans une déflagration horrible.

CHAPITRE DIX-NEUF

Arturo roulait comme un fou dans Côme, il aperçut la foule de gens à l'air choqué, la police, les ambulances. « *Mio Dio...* »

Il gara la voiture aussi près du magasin que possible, puis courut le reste du chemin. Il y avait un cordon de police, mais Arturo l'ignora, se glissant sous la bande. Il pouvait voir Gaudio, Fliss et — son cœur se remit à battre — Hero debout parlant à la police. Elle le vit et il se précipita dans ses bras. « Est-ce que tu vas bien ? *Cara mia*, es-tu blessée ? » demanda-t-il encore et encore, en l'embrassant frénétiquement.

« Très bien », le rassura-t-elle. « Je suis simplement un peu secouée. Nous allons tous bien. » Elle leva les yeux vers lui. « Une conduite de gaz s'est rompue, rien de grave. Le restaurant de l'autre côté de la rue a été plus touché que l'appartement de Fliss, et certaines personnes ont été blessées, mais personne n'a été tué.

– *Mio Dio, mio Dio...* quand j'ai entendu la nouvelle, j'ai tout de suite pensé au pire...

– Oui, je m'en doute. Moi aussi », admit-elle. « Je pensais que c'était ça. Mais je vais bien. Gaudio s'est jeté sur Fliss et moi. Il a un été un peu entaillé par les bris de glace de la fenêtre, mais c'est un brave garçon. »

Il savait qu'elle plaisantait pour le détendre, et il lui sourit. « Je t'aime. Je dois absolument aller remercier Gaudio. »

Ils retrouvèrent le grand homme entouré d'ambulanciers et d'infirmiers, il essayait de les chasser de la main, comme on fait pour les mouches alors qu'ils inspectaient ses innombrables blessures.

Arturo empoigna la main du garde du corps et la serra fermement. « *Grazie*, Gaudio. Je te dois une fière chandelle.

– J'ai juste fait mon travail, patron. » Gaudio fit un clin d'œil et sourit à Fliss, qui lui effleura le visage.

« Qu'est-ce que tu ne ferais pas pour te rendre intéressant. Allez, montre-moi les dégâts. »

Gaudio regarda Arturo qui, ses bras autour de Hero, acquiesça.

Hero lui sourit. « Merci d'être venu si vite.

– Je pense avoir grillé tous les feux de la ville et enfreint le Code de la route un million de fois, mais je veux que tu saches que je recommencerais avec plaisir. »

Hero effleura ses lèvres. « Est-ce que tu es obligé de retourner au travail ?

– Tu as envie de moi ?

– C'est toute cette adrénaline. »

Arturo se mit à rire. « Je pense que je suis marié à une nympho. »

Hero rigola. « C'est de ta faute, Bachi. »

Arturo sourit et lui prit la main. « Viens, j'ai un plan. »

La voiture se faufila dans les montagnes jusqu'à atteindre un petit plateau. « Peu de gens viennent ici », lui dit Arturo, « nous devrions donc avoir l'endroit rien que pour nous. »

Il faisait plus frais, beaucoup plus frais, dans les montagnes, mais Hero n'y prêtait pas attention. Elle déboucla sa ceinture et enjamba Arturo. « Baiser dans la voiture comme deux adolescents », murmura-t-elle, les lèvres serrées.

« Nous ferons beaucoup, beaucoup plus que les adolescents *cara mia*, crois-moi... »

Il glissa ses mains sous son t-shirt, ses yeux verts pleins de feu et d'intensité. « Tu aimes ce t-shirt, Bella ? »

Hero secoua la tête. « Pas particulièrement.

– Bien. »

Il déchira son t-shirt en un mouvement sec, le choc rapide et l'air froid sur sa peau firent frémir Hero. Arturo abaissa le bonnet en dentelle de son soutien-gorge et prit son téton dans sa bouche pour le sucer avidement et le taquiner du bout de sa langue.

Hero se plaça contre lui, puis dégrafa sa braguette et parvint à libérer son sexe tendu, caressant sa queue brûlante alors qu'Arturo happait son autre mamelon. Hero poussa légèrement sa petite culotte sur le côté et s'empala sur sa queue, soupirant alors qu'il la pénétrait enfin.

« *Mio Dio*, Hero ... » gémit Arturo alors qu'elle commençait à onduler sur lui. L'espace réduit de l'intérieur du véhicule rendait l'acte encore plus intime, peau contre peau, regard fixe, leur souffle se mélangeant alors qu'ils s'embrassaient.

« Je t'aime, murmura Hero, je n'ai jamais aimé quelqu'un autant que je t'aime, Arturo Bachi. »

Il ferma les yeux, son cœur sur le point d'exploser, ses paroles provoquant chez lui un désir accru. « Je t'aime plus que tout, mon précieux amour. S'il te plaît... ne me quitte jamais... promets-moi, promets-moi.

– C'est promis... » Hero réussit à dire les mots avant que l'orgasme ne s'abatte sur elle et que sa tête retombe la laissant à bout de souffle. Arturo embrassa sa gorge puis gémit quand il vint, pompant un épais foutre crémeux profondément dans son ventre.

« Hero... Hero... »

DE RETOUR à la maison d'Arturo, ils rirent, se taquinèrent, partageant des sourires intimes et des regards complices. Arturo porta la main à ses lèvres. « Est-ce que c'est mal de ma part d'espérer que tu sois enceinte ? »

Hero fut choquée de constater que ces paroles ne la dérangeaient pas. Même le souvenir de Beth ne changeait en rien la paix qu'elle ressentait soudain. Elle aimerait toujours sa petite fille, mais cela ne voulait pas dire qu'elle ne pourrait pas aimer autant un autre bébé. « Non, parce que j'adorerais ça aussi. »

Hero essaya de ne pas trop penser à quel point sa vie avait changé en quelques semaines à peine. Elle risquerait d'avoir peur, tout ce qu'elle savait maintenant, c'était que cet homme était son avenir et si elle devait tomber enceinte, elle savait que cela ne ferait que solidifier leur amour.

MAIS DE RETOUR à la Villa Bachi, le sentiment de bonheur s'estompa rapidement. Peter et un homme qu'ils ne connaissaient pas les attendaient. Peter les présenta.

« Turo, Hero, voici Simon Lascelles. Il vient du consulat américain à Milan. M. Lascelles, Arturo Bachi et Hero Donati. Je pense que nous ferions mieux d'aller à l'intérieur. »

Hero lança un regard inquiet à Arturo, qui lui serra la main et acquiesça. « Allons-y. »

À l'intérieur, Simon Lascelles s'assit en face d'eux. « Miss Donati, vous nous avez contactés il y a quelques jours à propos des menaces qui pèsent sur vous. Pendant que nous les examinions, nous avons découvert quelque chose d'assez inquiétant. »

La poitrine du Hero se resserre. « Qu'est-ce que c'est ? »

– Vous avez eu la gentillesse de nous donner les détails de votre famille et nous avons décidé de vérifier qu'ils allaient tous bien. Juste pour une question de routine.

« Oh mon Dieu. Maman...papa...

– Ils vont bien », lui assura rapidement Lascelles. « C'est votre sœur adoptive. Vous avez affirmé qu'elle avait quitté Milan pour rentrer chez elle ? »

Hero était incapable de prononcer la moindre parole. « Oh mon Dieu. »

Lascelles hocha la tête. « Je crains que nous l'ayons confirmé. Mlle Imelda Donati n'a jamais pris l'avion. Elle n'a jamais quitté l'Italie. »

ARTURO S'ATTARDA pour parler à Lascelles et à Peter avant leur départ, mais Hero n'entendait plus rien. Elle laissa tomber sa tête entre ses mains. Pourquoi ? Pourquoi s'en prendre à Imelda ?

Son téléphone portable sonna et elle sut immédiatement de qui il s'agissait. « Putain, où est ma sœur ? »

Son bourreau se mit à rire. « En sûreté pour l'instant. Je la libère dès que j'aurais enfoncé mon couteau dans tes jolies tripes.

– Pourquoi faites-vous ça ? Qu'est-ce que je vous ai fait ? » Sa voix n'était plus qu'un murmure à présent. La douleur de savoir qu'il détenait sa sœur la submergeait.

Il y eut une longue pause et quand il reprit la parole, sa voix était si pleine de cruauté et de malveillance qu'elle la fit frissonner. « Parce que tu l'aimes *lui*... »

Il raccrocha.

Arturo revint dans la chambre et la vit, affaissée, le téléphone par terre. Hero leva les yeux vers lui, la douleur dans ses yeux était palpable et cela lui fit mal à la poitrine.

« *Il mia amore*, qu'est-ce que c'est ? » Mais elle secoua la tête, incapable de parler.

Il s'assit à côté d'elle et l'entoura de ses bras, la sentant trembler. « C'est lui qui vient d'appeler, n'est-ce pas ?

– C'est lui qui a kidnappé Imelda », murmura-t-elle contre sa poitrine. « Il a dit qu'il ne la libèrerait qu'après ma mort. Il ne la relâchera pas. Il va la tuer aussi.

– Il ne va tuer *personne* », dit Arturo animé par une rage meurtrière. « Nous allons découvrir qui est cet enfoiré et nous en débarrasser, une fois pour toutes. »

Hero leva les yeux vers lui et acquiesça. « D'accord. T'as une idée de comment on va s'y prendre ? »

Arturo sentit le désespoir s'infiltrer dans ses os. « Non. Mais nous allons nous en sortir. » Il poussa ses cheveux de son visage. « Promets-moi juste que tu tiendras le coup.

– Je te promets que nous serons ensemble et heureux pour toujours, Turo.

– Oui. Bon sang ! j'y compte bien.

– Et nous allons récupérer ma sœur saine et sauve ? »

Le regard plein d'espoir et de confiance qu'elle lui lança fit fondre Arturo complètement, et il l'attira dans un tendre baiser. « Oui. Je promets, *cara mia*. Nous ne reculerons ne devant rien pour assurer sa sécurité, et la tienne. »

MAIS MALGRÉ LES montants faramineux qu'Arturo dépensa en détectives, malgré ses contacts permanents avec la polizia locale ou le consulat américain, personne ne pouvait rien leur dire.

Un après-midi, alors qu'ils étaient tous deux assis dans son bureau, leurs notes éparpillées devant eux, ils se regardèrent.

« Écoute, je sais que nous avons fait la liste, avec la police, de quiconque pourrait nous en vouloir, mais je pense que nous devons la refaire. Et tout y inclure. Les ex, les coups d'un soir, les anciens camarades de classe ou les ennemis. Si c'est un psychopathe sorti de nulle part, personne ne pourra rien faire. »

Hero acquiesça. Le fait de savoir que sa sœur était entre ses mains, seule, en danger, l'avait profondément atteinte et Arturo voyait maintenant les ombres violettes sous ses yeux. Cela faisait une semaine qu'Imelda avait été enlevée, et ils n'avaient toujours aucune piste. Personne ne l'avait vue. C'est comme si elle avait disparu de la surface de la Terre. « D'accord, concentrons-nous donc sur notre passé. Commençons par la période du lycée.

– Le lycée... honnêtement, cette période, pour moi n'était emplie que d'une seule personne. Flavia. Nous nous sommes rencontrés quand nous étions en cinquième. Chaque garçon la voulait. Mais c'est moi qui ai eu la chance, ou la malchance, de la conquérir. »

Hero fronça les sourcils. « Pourquoi dis-tu cela ?

– Parce qu'en regardant en arrière je suis obligé de constater que

Flavia obtenait toujours ce qu'elle voulait. Elle aimait se servir des gens. Je ne commence vraiment à m'en souvenir que depuis que je t'ai rencontrée. Pas par ce que je vous compare. »

Hero lui sourit. « Je sais. Mais la comparaison est valide : nous ressemblons beaucoup physiquement, nous t'aimons toutes les deux, et quelqu'un essaye de me tuer de la même manière qu'il dit l'avoir tuée.

– Pourquoi dis-tu cela comme ça ? Il dit qu'il avait tué Flav ?

– Parce que je pense que ce n'est pas à propos de Flavia ou de moi », dit Hero, « mais de toi. Et pas pour les raisons que tu penses, mais pour t'atteindre financièrement, pour te faire perdre pied. Ton oncle est malade, il est en train de mourir. Et tu vas devenir l'un des hommes les plus riches d'Italie, peut-être même du monde entier, et l'ampleur des actifs dont tu vas hériter est ahurissante. Et si tout cela n'était qu'un écran de fumée pour détruire cela ?

– Ça marche du tonnerre », dit Arturo sombrement et soupira. « Alors, tu penses que le meurtre de Flav était peut-être un cas à part ?

– Je ne sais pas », Hero secoua la tête, « mais c'est une option à laquelle nous devrions réfléchir. Peut-être que nous avons affaire à un imitateur. Peut-être qu'il pense que me tuer va te détruire.

– Il aurait raison. Mais pourquoi enlever ta sœur ?

– Il doit être au courant de la protection supplémentaire que tu m'as trouvée. Il sait que je donnerais tout pour sauver Melly.

– *Mio Dio.* » Arturo ferma les yeux. « S'il te plaît, ne dis pas des choses comme ça.

– Tu ferais la même chose », dit doucement Hero, en tendant la main et en caressant son visage. « Je sais que tu le ferais. »

Il attrapa sa main, la pressant contre son visage. « Nous devons simplement enquêter en ne laissant de côté aucun suspect. Absolument tout le monde doit être suspect. En en commençant par ce *figlia de puttana* de George Galiano. »

Hero acquiesça. « Il n'est vraiment pas net. Mais quelque chose m'empêche de vraiment le suspecter. C'est un suspect trop évident. Il ressemble à un méchant de comédie. Comme le chaperon noir. »

Arturo leva les sourcils. « Qui ? »

Hero rit. « Ça ne fait rien. Mais, j'ai une idée... nous pourrions toujours essayer de passer à l'offensive pour changer.

– Qu'est-ce que tu veux dire par là ?

– Nous devrions rompre.

– Qu'est-ce que tu racontes ? » Il sentit ses os refroidir, mais elle continuait à sourire.

« Pas pour de vrai, évidemment. Mais, nous devrions nous disputer, publiquement... et nous assurer que George soit au courant. Il essayera d'en tirer avantage, je te le garantis. Désolée si cela te semble arrogant, mais c'est le genre à vouloir me séduire pour se venger de toi.

– Tu veux être l'appât ? » Il grimaça de dégoût. « En aucune façon.

– Pas un appât. Il ne se passera absolument rien du tout entre nous, mais si nous avons une conversation alors que je suis "en colère" contre toi, je pourrais savoir s'il est mêlé à toute cette histoire ou pas... »

Arturo secoua la tête, mais Hero leva la main. « Attends, laisse-moi t'expliquer. Ce que je veux dire par là, c'est qu'une femme peut dire quand un homme pense à la baiser, ou quand ce qu'il veut est plus sinistre. Nous avons un radar intégré pour ce genre de choses. Je ne peux même pas l'expliquer. Nous, les femmes, avons presque toujours affaire à des parasites sexuels ou à des hommes qui peuvent devenir violents même si tout ce que nous avons fait est de refuser poliment de boire un verre. Il faut qu'un homme soit très sournois pour arriver à cacher cela, et George n'est pas assez intelligent pour ça.

– Tu vas fonder cette entreprise dangereuse sur ton...

– Mon instinct. C'est vrai. Est-ce que cela tiendrait comme argument valable dans un tribunal ? Non, mais au moins je saurai si George est capable de me tuer ou s'il veut juste me baiser. »

Arturo se leva et fit les cent pas, jurant en italien.

Hero attrapa ses mains dans les siennes. « Nous allons le faire en public, pour que les gens nous voient nous étriper. On peut demander à l'un de tes détectives de suivre George, pour voir quand il va déjeuner et, où jouer notre petite scène. Je vais beaucoup pleurer. George ne pourra pas cacher sa joie. Il voudra être le chevalier blanc. Nous le laisserons faire son numéro. Ensuite, nous saurons ce qu'il est vraiment. »

Arturo fixa gravement Hero et elle lui rendit son regard. « Je n'aime pas ça.

– Tout se passera totalement en public.

– Et s'il veut que tu partes ailleurs avec lui ? Si tu oses dire non, il se méfiera, je te le dis. »

Hero respira profondément. « Alors nous demanderons à un détective de me suivre. »

Arturo ferma les yeux. Il était hanté par l'image de Hero, dans une mare de son propre sang, le ventre déchiré, les yeux fermés pour toujours.

Il se commanda d'arrêter.

« Non. Trop de choses pourraient mal se passer.

– Turo. » Hero se leva et l'entoura de ses bras. « Peu importe qui il est, ma sœur est avec lui, et la police n'a aucun indice. Nous devons faire ça. Nous devons examiner chacun de nos amis et collègues un par un. Personne ne va nous aider. »

Arturo l'attira tout près. « S'il t'arrive quelque chose...

– Ce ne sera pas le cas. Je suis une femme solide. Le mec de l'appartement Patrizzi... Je ne l'ai pas vu venir. Mais cette fois-ci nous attaquons de front. Nous sommes préparés. »

Arturo emmêla ses doigts dans ses cheveux et resta silencieux pendant un long moment. « Promets-moi de ne pas te mettre en danger inutilement.

– Pas plus que nécessaire.

– Ça arrive très vite tu sais, un moment tu vas bien et quelques milli secondes plus tard, tu es en train de te vider de ton sang, et je te perds pour l'éternité.

– Ça n'arrivera pas. » Hero hocha la tête avec assurance et Arturo sut qu'il n'arriverait pas à l'empêcher d'exécuter son plan.

CHAPITRE VINGT

George Galiano leva les yeux de son journal pour voir Hero Donati entrer dans le restaurant, suivi d'un Arturo à l'air fâché. Arturo attrapa son bras et elle se retourna vivement. « Ne me touche pas. Je te l'ai dit, c'est fini ! Laisse-moi tranquille ! »

– S'il te plaît, ne fais pas ça, Hero, je t'aime... je suis désolé. »

Hero repoussa Arturo alors qu'il essayait de la toucher. « Non... je ne veux pas de ça. S'il te plaît, laisse-moi... s'il te plaît... » Elle se mit à pleurer et Arturo passa sa main dans ses boucles noires. Il avait l'air complètement détruit.

« Je ne peux pas croire que c'est fini... »

Hero secoua la tête, des larmes coulant sur son beau visage. « Cela n'aurait jamais dû commencer. »

Arturo la fixa un moment de plus, puis tourna les talons et sortit.

Eh bien, eh bien, eh bien.

George s'assura qu'il était le premier à approcher Hero qui était en pleurs, il la guida à une cabine privée. « Bella, s'il vous plaît, asseyez-vous et calmez-vous. Pourrions-nous avoir un cognac ici, s'il vous plaît ? » Il sourit à une serveuse inquiète qui acquiesça et partit.

Il s'assit à côté de Hero, son bras autour de son corps tremblant. Il caressa ses longs cheveux noirs par-dessus son épaule. « Allons, Hero, ne pleurez plus, s'il vous plaît.

– C'est fini, c'est fini... », répéta-t-elle et secoua la tête, mais finalement, il la força à prendre quelques respirations profondes et à se calmer. Elle sirota le cognac qu'il lui avait commandé.

« Ça va mieux ?

– Mon Dieu, je suis vraiment désolée... merci George. Que doivent penser les gens de moi ? C'est juste... »

George lui sourit en lui prenant la main. « Qu'est-il arrivé ? »

Elle rencontra son regard. « Il est... devenu trop possessif. Je ne sais pas si je devrais vous dire ceci, mais... Je suis menacée. Des menaces de mort.

– *Mio Dio, non.* »

Hero acquiesça. « Ma sœur a été enlevée et je suis censée me livrer à lui pour qu'il la laisse partir.

– Et vous ? »

Elle croisa son regard, la terreur dans ses beaux yeux bruns brûlants. « Il me tuera.

– Mais pourquoi pour l'amour du ciel ? »

Elle secoua la tête, les larmes coulant sur ses joues. « Je ne sais pas. Je ne sais pas.

– Et que se passe-t-il avec Bachi ? Il essaye de vous dire comment gérer votre vie ?

– Il a dit... mon Dieu... je ne pense même pas qu'il le pensait maintenant, mais simplement en entendant les mots sortir de sa bouche...

– Dites-moi. » George se pencha en avant et elle le chercha dans les yeux.

« Il a dit... qu'il préférait que je vive, et tant pis pour Imelda. »

George se rassit, prenant une profonde inspiration. « Je peux le comprendre, mais vous devez être choquée.

– Je l'étais. Je lui ai lancé un défi... et c'est là que les choses ont mal tourné. Il m'a quasiment séquestrée chez lui. Il a pris mon téléphone, il ne m'a pas laissée appeler mes parents aux États-Unis... la semaine dernière a été un enfer. Mon Dieu, je ne devrais vraiment pas vous dire tout ça. Je devrais partir. »

Hero se leva, troublée et rougie, mais George attrapa sa main. « Non, ne partez pas. Au moins jusqu'à ce que vous vous soyez calmée. Je peux vous trouver un endroit où aller ce soir.

– Non, vraiment, c'est vraiment gentil de votre part. Je vous remercie.

« Hero. » George se leva, devant sa minuscule silhouette. « Permettez-moi de vous aider. Quoi que vous puissiez penser, ce n'est pas un endroit sûr pour une belle femme seule. »

Hero sembla méfiante un instant, puis ses épaules s'affaissèrent. « D'accord. »

Elle le suivit hors du restaurant et vers sa voiture. « Je vais vous emmener dans un hôtel hors de la ville. De cette façon, vous pourrez trouver un peu de paix.

– Merci. » Elle semblait toujours un peu nerveuse, regardant autour d'elle alors qu'ils s'éloignaient du trottoir. George continuait à la regarder. Avait-elle peur qu'Arturo puisse les voir ? Avait-elle peur de lui ?

Il se sourit. Il avait attendu des semaines ce moment, pouvoir enfin être seul avec elle, vulnérable et en détresse. Il composa un numéro sur son téléphone portable et le passa en mode mains libres tout en conduisant. « Oui, c'est George Galiano. J'ai besoin de la meilleure suite de votre hôtel. Oui aujourd'hui. Une de mes amies en a besoin. Merci, nous arrivons tout de suite. »

Il finit l'appel et regarda Hero, qui était maintenant plus calme et silencieuse. Elle avait l'air pâle. « La Villa Helena a une suite pour vous.

– Je ne sais pas comment vous remercier.

– Je ferai en sorte que vos affaires soient rapportées de la villa Bachi. »

Hero soupira. « Je n'aurais jamais pensé que ma vie ressemblerait à ça quand j'ai débarqué ici. »

George posa sa main sur la sienne et elle se raidit, mais ne s'éloigna pas. « Je crois vous l'avoir déjà dit, Hero. Arturo Bachi n'est pas votre seule option. »

Hero ne dit rien. Après l'avoir installée dans la suite de la villa Helena, il l'embrassa et la laissa seule. En descendant à la réception, il glissa un billet de cent euros à la réceptionniste, une jeune et mignonne blonde qu'il avait baisée à plus d'une occasion. « Je veux connaître chacun de ses mouvements, chaque appel téléphonique, tout. Si elle a des visiteurs », dit-il, et la blonde acquiesça, minaudant. Il la prendrait en guise de remerciement, il labourerait sa douce chatte en pensant à Hero. Bientôt, il n'aurait plus à faire semblant.

Parce que George Galiano obtenait toujours ce qu'il voulait, et par Dieu, il voulait Hero Donati, et il ferait n'importe quoi pour la garder, même si cela impliquait de la prendre contre sa volonté.

CHAPITRE VINGT-ET-UN

« **I**l te fait surveiller par le personnel de l'hôtel. »

Hero soupira. « C'est ce que je pensais. A-t-il envoyé un de ses sbires pour mes vêtements ? »

Arturo rit sombrement. « Il ne le fera pas. Il viendra lui-même pour jeter de l'huile sur le feu.

– Mon Dieu, il est tellement répugnant.

– Je suis désolé bébé. Écoute, tu peux arrêter à n'importe quel moment, si tu le désires. »

Hero sourit au téléphone portable qu'elle tenait dans sa main. « Je le sais bien, mais tant que Melly ne sera pas sauve, je ferai n'importe quoi, Turo. » Elle hésita un peu. « Savoir ce que pense George pourrait signifier... que je doive endormir sa méfiance, donc faire ce qu'il voudra... jusqu'à un certain point bien sûr. »

Arturo resta silencieux et Hero sentit son cœur se serrer. « Bébé, je n'aime que toi. Mais je pourrais avoir besoin de faire semblant de... Dieu... me soumettre à ses "charmes". Elle sentit son estomac se soulever. »

Arturo eut un rire sans joie. « Fais attention, Hero, je ne supporterais pas qu'il te touche. Qu'as-tu appris de lui jusqu'à présent ?

– C'est un connard effrayant, il te déteste, il veut me baiser juste parce que je suis à toi, ou à sa connaissance, ton ex. Mais si je continue à suivre mes tripes ? Je ne sais pas encore. J'ai besoin d'obtenir un peu plus d'informations. Voir s'il finit par se confier à moi.

– *Mio Dio*, » soupira Arturo. « Fais ce que tu as à faire, *cara mia*, mais s'il te plaît, fais attention.

– Ne t'inquiète pas. Que vas-tu faire ?

– Je dois aller chez mon oncle. À part toi, c'est la seule personne en qui j'ai confiance pour être honnête. »

Hero se mordit la lèvre. « Tu vas lui parler de Pete ?

– Oui. Je déteste l'idée de devoir remettre en question les motivations de mon plus vieil ami. Il a toujours été un allié pour moi.

– Je sais, bébé, je suis désolée. »

– Mais, comme toi, je dois suivre mon instinct, ne fut-ce que pour l'éliminer de la liste des suspects. »

Elle soupira. « Je sais.

– Écoute, les pièces à côté de ta suite sont pleines de gens qui bossent pour moi. Si tu as peur, hurle. Ils viendront pour t'aider. »

Hero soupira. « Mon Dieu, tu me manques déjà.

– C'est toi qui me manques ma chérie. Je ne sais même pas si nous avons la moindre idée de ce que nous sommes en train de faire ? »

Hero étouffa le sanglot qu'elle sentait monter dans sa gorge. « Non. Mais nous devons faire quelque chose.

– Je sais. Tu devrais entendre certaines des idées ridicules qui me trottent dans la tête et de qui pourrait nous viser et te cibler.

– Comme ? »

Arturo hésita. « ... Tom. Et s'il avait simulé sa mort ? Et si... bla-bla-bla. Tu vois ? C'est ridicule — et je me sens mal de penser cela de ton mari. Je suis désolé.

– Non, je comprends. J'ai des pensées folles comme ça aussi. Je n'ai pas pu voir Tom et Beth être enterrés, alors il y aura toujours cette question pour moi. Mais ce n'est que cela — des pensées folles. ... Et Arturo ?

– Oui, Cara Mia ?

– C'est toi mon mari maintenant. »

Arturo éclata de rire, un son riche et profond qui réchauffa son âme. « Exactement, et je ne laisserais personne me prendre cette place. Je t'aime.

– Je t'aime bébé. Dors bien.

– Bonne nuit, il mia amore. »

Arturo ne fut pas surpris de voir George Galiano arriver à la Villa Bachi le lendemain matin. Le sourire de George était insidieux.

« Je viens au nom d'une amie pour te demander de lui envoyer ses affaires. Elle a demandé que je prenne possession de tout ce qui lui appartient dans cette maison, car elle ne souhaite pas que tu saches où elle se trouve. »

Arturo grinça des dents et dut se rappeler que tout cela était une ruse, sinon il aurait fait disparaître le sourire suffisant du visage de George. « Laisse tomber les conneries, Galiano. Hero peut mener ses propres batailles. Elle n'a pas besoin de toi. »

George sourit un peu. « Tu l'as abandonnée en larmes dans un restaurant. Elle est complètement humiliée.

– Que sais-tu de Hero ? Tu l'as vu quoi, trois fois depuis qu'elle est ici ? Reste en dehors de ce qui ne te concerne pas, George. Maintenant, est-ce que tu vas me dire où elle est ?

– Non, je pense qu'elle préférerait que tu ne le saches pas. D'après ce que j'ai entendu dire, elle traversait déjà une période difficile. »

Arturo resta très immobile. « Qu'est-ce que tu sais de cela ? »

George sourit. « Hero m'a tout dit. On dirait que tu ne sais toujours pas protéger tes femmes, n'est-ce pas, Bachi ? D'abord Flavia, maintenant Hero.

– Il ne va rien arriver à Hero. » Arturo garda son sang-froid, mais ses articulations devinrent blanches alors qu'il refermait ses poings.

« J'espère bien que non. Quel gâchis ce serait, une telle beauté. Cette communauté ne se remettrait pas d'une autre tragédie. »

George prenait son pied, mais Arturo ne savait pas s'il le faisait pour faire enrager Arturo ou juste pour blesser Hero. Il pria silencieusement que ce soit pour la première raison.

« Que veux-tu, George ? »

Le sourire de George disparut. « Rien que tu puisses me donner.

Je n'attends plus rien de toi. Exactement comme cette belle fille. Tu es un cancer, Bachi. Tu ruines des vies. Tu mérites toutes les douleurs que tu ressens aujourd'hui. Peut-être que Hero serait plus heureuse morte. »

Arturo se précipita pour lui. George le repoussa proprement et Arturo trébucha et tomba par terre. Alors qu'il se relevait, George rit doucement. « Tu sais quoi Bachi ? Ma mission à partir de maintenant, va être de dresser Hero contre toi. Compte tenu de l'état dans lequel elle se trouvait hier, ce sera une promenade de santé. Tu verras. Cette beauté sera bientôt dans mon lit et, encore une fois, il ne te restera plus rien. Pas étonnant que tes femmes finissent toujours par me choisir. »

Il s'éloigna et Arturo l'entendit rire en quittant la maison. Arturo se leva lentement, se dépoussiérant. Il avait fallu toute sa volonté pour faire semblant de se jeter au sol, s'humiliant devant son vieil ennemi.

Il prit le téléphone et appela sa femme. « Il a tout gobé », dit-il, et un sourire se dessina sur son visage.

« MA CHÈRE, j'ai bien peur que Bachi refuse de t'envoyer tes affaires. Il se comporte comme un enfant, pétulant et égoïste, comme toujours. »

Hero acquiesça en soupirant. « Eh bien, ce n'étaient que des vêtements, George. Il y a beaucoup de magasins. Je préfère ne pas risquer une confrontation avec lui. Je préfère ne pas le voir du tout. »

George s'assit sur le canapé de la suite. Hero s'assit en face de lui. « Vous avez été très gentil et vous m'avez soutenue, George. Je ne sais comment vous remercier. Je dois simplement savoir quelle est la prochaine étape pour moi. »

Il acquiesça. « Je voudrais vous aider si vous le permettez. Peut-être pourrions-nous engager des détectives pour savoir où se trouve votre sœur. »

Le cœur de Hero se mit à battre plus vite. « Arturo l'a déjà fait. Il n'y avait aucune trace d'elle aux alentours de Côme ou de Milan.

« Peut-être que Bachi n'a pas les contacts que j'ai. » Le sourire de George était vraiment poisseux, et Hero sentit un frisson froid couler insidieusement dans son dos.

Elle attendit l'attaque...

« Que voulez-vous dire ?

– Je veux dire... il est plus... il s'entoure toujours de bons professionnels. Je ne suis pas naïf comme lui. J'ai une approche un peu plus pragmatique...

– Les bas-fonds. Pourquoi quelqu'un des bas-fonds voudrait-il ma mort ? »

George l'étudia, ses yeux la transperçant comme des poignards. « Il y a *toujours* une bonne raison pour tuer une belle femme, Hero. »

Ses mots ressemblaient à un couteau dans le ventre. *Ironique*, pensa-t-elle, vu qu'il était à présent son principal suspect. « Voulez-vous me tuer, George ? » Sa voix était douce.

Son expression changea immédiatement. « Ma très chère Hero, non, ce n'est pas ce que je voulais dire ! Je ne parlais pas de moi, mais du monde en général. » Il soupira. « Il y a tant de jalousie dans ce monde, tellement de gens qui pensent avoir des raisons "Elle est à moi. Si je ne peux pas l'avoir, personne ne le peut" etc., etc. Nous le voyons tous les jours au journal télévisé. Ma chère, non, je voulais seulement dire... les raisons ne semblent pas impossibles à trouver. »

Hmm. Il avait raison, mais la situation la rendait toujours mal à l'aise. En un éclair, il était assis à côté d'elle. Elle essaya de ne pas broncher alors qu'il repoussait doucement ses cheveux derrière l'oreille. Ses yeux étaient concentrés sur les siens et elle se retourna.

« Tu es vraiment magnifique », murmura-t-il. « Ce serait une tragédie qu'il t'arrive quoi que ce soit Hero Donati. Une tragédie. Je ne laisserai pas cela se produire. »

Seigneur, il allait m'embrasser. Accepte-le, fais semblant, ne vomis pas. Mais au lieu de cela, George lui prit la main et en embrassa le dos. Elle expira timidement, le laissant l'entendre nerveusement, espérant qu'il penserait que c'était du désir.

Aveuglé par son arrogance, il ne se doutait pas un seul instant du soulagement qu'elle ressentait. « Ma chérie, je t'appellerai... plus tard. Si possible ? Pour le souper ? »

Elle se força à lui sourire. « Bien sûr. »

Il l'embrassa alors, juste un léger frottement des lèvres contre les siennes. Hero serra les poings, mais ne s'éloigna pas. « À plus tard, alors. » Sa voix était lourde de sous-entendus.

Hero sourit. « À plus tard. »

Elle attendit que la porte se ferme et que l'ascenseur sonne dans le couloir avant de sortir et d'aller frapper à la porte de la chambre voisine de la sienne. Gaudio ouvrit la porte.

« Alors ma belle. » Son grand sourire la rassura tout de suite.

« J'ai un problème », dit Hero après l'avoir pris dans ses bras. « J'aurais peut-être besoin de toi pour ce soir, tu devras peut-être me sortir d'une situation épineuse avec George, il veut... coucher avec moi. »

Alors que les yeux de Gaudio s'ouvrirent, elle sourit et inclina la tête vers une chaise. « Assieds-toi. Nous allons avoir besoin de planifier tout cela. »

« MAIS PUTAIN T'ES SÉRIEUSE ? Pas moyen ! »

Hero éclata de rire. « Il ne se passera absolument rien du tout. J'ai parlé avec Gaudio. Il va venir nous interrompre au moment opportun. »

Arturo soupira. « Je déteste cette idée. Je déteste ne pas être avec toi, ne pas pouvoir te protéger.

– Ne t'inquiète pas pour moi, bébé. As-tu appelé ton oncle ?

– Oui, c'est fait, il ne va vraiment pas bien, tu sais. Peter est allé le voir et il me dit que si je veux le voir une dernière fois, je ferais mieux de le faire bientôt. Il est la seule famille qui me reste.

– Ce n'est pas vrai, chéri, mais je sais ce que tu ressens. Je continue de penser à Melly. Je sens dans mes os qu'elle est toujours en vie, mais je ne peux même pas imaginer ce qu'elle traverse. Elle est solide, mais être prise en captivité par ce psychopathe...

– Je sais, mon amour. Tu dois faire tout ce que tu peux pour retrouver ta sœur. Hero, je t'aime. Je compte sur toi. Je préfère ne pas penser aux mains de cet enfoiré sur toi... Seigneur, je vais le tuer. Mais je te fais confiance.

— Je ne trahirai jamais cette confiance. »

GEORGE S'ÉTAIT VISIBLEMENT HABILLÉ pour son scénario de séduction. Hero essaya de lui sourire alors qu'il entrait dans la pièce. Il lui rappelait Al Pacino dans Scarface. L'effet était légèrement comique, et Hero essaya de cacher son amusement avec un sourire accueillant.

« Vous êtes élégant. »

Il l'embrassa. « Et tu es ravissante. » Il passa sa main sur le côté de sa robe rouge moulante, Hero essayait désespérément de supporter ce contact. « Je dois admettre que je pense à cela depuis je t'ai vu la première fois, Hero. Je pense que c'est pareil pour tous les hommes de la ville. »

Hero sourit et se tourna pour aller chercher son sac à main. Quand elle se retourna, George était plus proche qu'elle ne l'avait imaginé et il l'attira contre son corps. *Mon Dieu*. Elle pouvait sentir sa queue dressée contre son ventre et elle sentit le dégout la submerger

« Allons dîner. »

Il lui fit l'un de ses sourires les plus sournois. « Non, j'ai changé d'avis. Nous mangerons ici. »

On frappa à la porte et il l'ouvrit. Trois serveurs poussèrent silencieusement trois chariots dans la pièce puis partirent tout aussi doucement. Hero fronça les sourcils. « Vous avez aussi faim que cela ? »

George rigola. « Ce chariot est notre souper, ma très chère. Le reste... c'est pour plus tard. »

Oh, mon Dieu, à quoi diable jouait-il ? Hero jeta un coup d'œil nerveux à la porte adjacente. Elle espérait que Gaudio ne manquerait pas son signal.

La nourriture était, elle devait l'admettre, exquise. Un plat léger de saumon mariné, une salade et des asperges croquantes grillées au feu. George leur versa du vin blanc. Hero l'étudia. Il était vraiment l'homme le plus arrogant qu'elle ait jamais rencontré. Elle savait qu'il était certain qu'ils auraient des relations sexuelles plus tard.

Ça ne risquait pas d'arriver, mon pote.

La pensée de le toucher lui donnait envie de vomir.

Mais elle sourit et conversa poliment, essayant de lire ce qu'elle pouvait de son comportement. Plus il parlait, plus elle était convaincue qu'il était trop bête pour être impliqué dans toute cette machination. Il était aussi bien trop précieux, pour avoir un quelconque attrait pour les effusions de sang. Il ne pourrait pas vivre comme il le souhaitait derrière les barreaux.

Après le dîner, Hero se leva. « Puis-je vous convaincre de boire un verre de vin sur le balcon ? »

George sourit. « Je ne pense pas, Hero. Viens maintenant. Nous savons tous les deux pourquoi je suis ici. »

Il se leva et lui prit la main. « Viens voir les jouets que j'ai pour nous. »

Des jouets ? *Oh... merde.* Il souleva les couvercles du plateau d'argent pour révéler une pléthore de jouets sexuels, des lubrifiants, des préservatifs, de la corde. « Nous allons passer un bon moment ce soir, Hero. Et réfléchis-y... quand je dirais à Arturo que j'ai baisé sa belle ex et les choses qu'elle m'a permis de lui faire... sa douleur, devrait te rendre la plus heureuse des femmes. »

Hero essaya de sourire malgré la nausée. « Laissez-moi juste aller... me rafraîchir.

– Bien sûr. Ne sois pas trop longue. »

Hero joua le jeu en glissant son doigt sous sa cravate et en la laissant glisser sur sa main. « Je vais faire très vite. » *Ça va me prendre une seule seconde pour cadenasser ma ceinture de chasteté.* Ses nerfs menaçaient de la lâcher, et elle s'enfuit dans la salle de bain en fermant la porte à clé. Elle attrapa le téléphone portable sous le meuble. « Gaudio... avertissement de trente secondes.

– Okay, je m'en occupe. »

Hero raccrocha le téléphone et tira la chasse d'eau. Elle fit couler la douche. Elle avait mis des sous-vêtements sexys, mais pas transparents, au cas où il faudrait aller aussi loin, mais elle ne pouvait se résoudre à se déshabiller. Elle prit une profonde inspiration... et retourna voir George, déjà torse nu, il l'attendait. Il tendit la main. « Ma chérie... »

Ils sursautèrent tous deux lorsque l'alarme incendie se déclencha, en hurlant dans l'hôtel. Un regard de pure frustration traversa le visage de George et il l'attrapa de nouveau. « C'est probablement juste un exercice... »

Hero courait déjà vers la porte. « Je ne peux pas prendre ce risque ! »

Gaudio, je t'aime bordel !

Elle sortit en courant, suivie par un George furieux, tirant sa chemise. Elle établit un contact visuel avec Gaudio, qui aidait les gens à descendre les escaliers, et hocha la tête en un petit mouvement de la tête. Il lui fit un clin d'œil.

Au rez-de-chaussée, les clients de l'hôtel se bousculaient dans l'air du soir. Il faisait plus frais maintenant, mais l'adrénaline de Hero était à son maximum. George ne la perdit pourtant pas de vue. Une fois que tout le monde se rendrait compte que c'était une fausse alarme et qu'ils seraient autorisés à rentrer à l'hôtel, il voudrait qu'elle revienne le rejoindre pour poursuivre son petit jeu sordide.

Hero était tout à fait consciente de ce qu'il essayait de faire. Il voulait se vanter auprès d'Arturo d'avoir fait avec Hero des choses qu'Arturo n'avait jamais faites, mais Hero sourit, si on ne parlait que de la taille, Arturo gagnait le concours haut la main.

Comme elle s'y attendait, ont les autorisa à rentrer. Gaudio regarda Hero, mais elle a secoué la tête, et lui mima les mots : « C'est bon, je gère. »

DE RETOUR DANS LA SUITE, Hero passa ses doigts langoureusement sur les godes, les cravaches et les fouets. Elle en prit un et l'étudia. Les yeux de George s'allumèrent d'excitation. « Tu es prête ? »

Hero prit son meilleur air ennuyé. « C'est tout ce que vous avez ? »

George la regarda, perplexe. « Pardon ? »

Elle rejeta le jouet sur le chariot et leva les yeux vers lui. « C'est un peu... trop simple à mon goût. »

George recula un peu. « Simple ? »

Hero rit. « Un fouet, George ? Des cravaches ? J'ai arrêté d'utiliser ces choses quand j'avais quinze ans. » Elle soupira d'un son ennuyé et irrité et s'assit. « Qu'est-ce que vous avez d'autre ? »

Elle savait qu'elle venait de retourner la situation. Il devait sauver la face devant elle. Hero pria pour qu'il ne soit pas méchant ; elle devait encore être convaincue à cent pour cent qu'il ne savait pas où se trouvait Melly, mais au fil des minutes, elle regarda l'homme devant elle et ne vit qu'un bambin. George n'était pas plus un tueur qu'elle.

George acquiesça. « Je comprends. Je testais votre... goût pour les choses. Je pensais que si je te disais vraiment ce que j'aime, tu aurais peur.

– Qu'est-ce que vous aimez, George ? »

Il sourit. « Peut-être devrions-nous garder cette conversation pour une autre nuit. L'alarme incendie a tué l'ambiance.

– En effet. » Elle se leva et alla vers lui, plaçant sa main à plat sur sa poitrine. « Merci pour le délicieux souper, George, mais je pense que, pour le moment, je veux juste me concentrer sur le retour de ma sœur. Quand elle sera en sécurité, eh bien... »

George acquiesça. Il appuya brièvement ses lèvres sur les siennes. Hero s'échappa, mais lui sourit pour atténuer le geste. « Bonne nuit, George.

– Bonne nuit, *Bella* Hero. »

CHAPITRE VINGT-DEUX

Elle attendit dix bonnes minutes après qu'il soit parti pour appeler Arturo. « Salut mon amour.

– Salut, *Cara Mia*. Écoute, fais-moi plaisir. Verrouille bien la porte de ta chambre d'hôtel pour moi maintenant. »

Les sens en alerte, Hero fit ce qu'il demandait.

« Maintenant, ferme les rideaux.

– Terminé. »

Arturo eut un petit rire. « Maintenant, viens à la porte voisine de la chambre de Gaudio. »

Elle le fit et quand elle ouvrit la porte, l'autre porte s'ouvrit, et elle éclata de rire quand Arturo franchit la porte, un grand sourire aux lèvres.

« Gaudio m'a appelé...

– Comment es-tu entré sans être vu ? » Elle l'entoura de ses bras et l'embrassa jusqu'à ce qu'ils soient à bout de souffle.

« J'ai un ami du Vigili del Fuoco, les pompiers. Ils m'ont laissé emprunter un uniforme, alors quand ils ont été appelés à la fausse alerte... »

Hero éclata de rire. « Tu es un génie. Et je suis en feu, Signore Fireman, et j'ai besoin de vous pour l'éteindre. »

Arturo sourit. « Mon Dieu, tu m'as manqué.

– Oui, toi aussi tu m'as manqué. Baise-moi, Bachi, maintenant. »

Arturo la prit dans ses bras et l'emmena au lit. « J'aime cette robe, Hero. Je suis juste triste qu'il l'ait vu le premier.

– Arrache-la-moi », ordonna-t-elle. « Je peux porter une autre robe rouge rien que pour toi. »

Arturo fit ce qu'elle demandait, ouvrant la fermeture à glissière et arrachant le tissu. Elle tirait sur son pull, le tirant par-dessus sa tête, désespérée de le voir nu. Bientôt, leurs vêtements jonchaient le sol et Hero lui ouvrit les bras. Il attacha ses jambes à ses épaules et enfouit sa langue au fond d'elle, la faisant gémir.

« Tu ne dois jamais passer une autre nuit loin de moi », ordonna-t-il, et elle se mit à rire.

« Si tu continues à faire ce que tu fais, je n'en aurai aucune envie, bébé. *Oh, mon Dieu, oui, c'est ça, là... oh...* »

Il la lécha jusqu'à ce qu'elle pleure d'extase, puis enfonça sa bite engorgée et palpitante au fond de sa chatte, la soumettant à son désir alors que Hero se tordait et gémissait sous lui. Ses baisers étaient presque sauvages tant il avait besoin d'elle.

« Hero », haleta-t-il alors qu'ils s'approchaient tous les deux de leur apogée. « Épouse-moi, pour de vrai, maintenant, ce soir... »

Hero ne pouvait pas répondre, elle eut le souffle coupé par la force de son orgasme et elle cria son nom encore et encore. Une fois qu'ils se furent effondrés sur le lit, elle lui sourit. « La réponse est oui, mais je pense que nous pourrions avoir du mal à trouver quelqu'un pour nous marier à... » Elle jeta un coup d'œil à l'horloge. « Trois heures du matin.

– Regarde-moi réveiller les gens. » Il tendit la main vers le téléphone, mais elle l'arrêta.

« Il n'y pas d'urgence. Demain, je vais à Milan pour rencontrer le conseiller du consulat. Viens avec moi. Nous pouvons le faire là-bas. »

Arturo sourit, le visage rayonnant de bonheur. « On va se marier.

– Oui nous allons le faire pour de vrai. » Elle l'embrassa puis soupira. « Je n'ai pas le droit d'être aussi heureuse quand Melly est toujours portée disparue.

« Hey », il caressa son visage. « Tu mérites tout le bonheur du monde bonheur. Melly voudrait que tu sois heureuse. Mais nous ne l'abandonnerons pas, je le jure devant Dieu. As-tu pu tirer quelque chose de Galiano ? »

Hero secoua la tête. « Turo, il y a quelque chose d'assez... pathétique... chez lui. C'est comme s'il essayait de se prouver qu'il était meilleur que toi. Honnêtement, je pense qu'il n'a aucune idée de l'endroit où se trouve Melly ni des menaces qui pèsent sur moi. Il n'a tout simplement pas le cerveau pour cela. Il est méchant et mesquin et complètement dégoûtant. Mais je ne pense pas qu'il pourrait tuer.

– J'espère que tu as raison. » Arturo secoua la tête. « Mon Dieu, ça laisse Peter... mais je ne peux pas me résoudre à poser les questions. »

Hero réfléchit un instant. « Et si c'est moi qui posais les questions ? Pas directement, bien sûr, mais... as-tu parlé à Peter de notre ruse ?

– Non, lui aussi pense que nous avons rompu.

– Okay je vois. Alors peut-être que je devrais l'interroger en tant que ton ex au cœur brisé. »

La bouche d'Arturo se fit dure. « Tu vas encore te mettre en danger.

– Seulement si Peter... »

Elle vit un million d'émotions traverser les yeux de son amant. « Turo, pour ce que ça vaut, je ne peux pas imaginer que ce soit Peter. Il ne ressemble tout simplement pas à ce type, et pourquoi t'en voudrait-il après toutes ces années ? Pour l'argent, le pouvoir ? J'ai du mal à le croire.

– Moi aussi. Seigneur, il sait que si c'était un choix à faire entre ta sécurité ou avoir les affaires, il pourrait tout avoir. Alors pourquoi ? Pourquoi ferait-il ça ? »

Hero acquiesça. « Je suis d'accord. S'il voulait me tuer, il aurait pu le faire tranquillement et obtenir le même résultat. Pourquoi continuerait-il à m'appeler et à risquer d'être découvert ? Non, je ne pense pas non plus que ce soit Peter. »

Ils restèrent assis longtemps en silence, tous deux perdus dans leurs pensées. Finalement, Arturo se tourna vers Hero et haussa les épaules. « Alors qui est-ce ? »

Mais elle n'avait pas de réponse pour lui.

CHAPITRE VINGT-TROIS

Quand Hero se réveilla le lendemain matin, Arturo était parti. Il lui avait laissé un mot.

Cela porte malheur de voir la mariée avant le mariage... de plus, nous ne voulons pas que Galiano se doute de quoi que ce soit.

Rendez-vous à l'hôtel de ville de Milan à 18 h une voiture t'attendra pour te conduire au consulat et ensuite à la salle d'audience.

Je t'aime tellement, Hero. Rendez-vous au bout de l'allée.

x

Elle se sourit à elle-même. Après s'être douchée et habillée, on frappa à la porte. Une femme avec un sac de robes lui sourit. « Signore Bachi vous fait envoyer ceci. »

Hero la remercia et prit le sac. À l'intérieur se trouvait la plus belle des robes blanches, accompagnée d'une autre lettre.

Pardonne mon audace. Quand tout sera fini, nous aurons une vraie cérémonie, et tu pourras avoir tout ce dont tu as toujours rêvé. Mais pour l'instant... j'ai pensé que cette robe t'irait à la perfection.

Je t'aime

.   .   .

LA ROBE ÉTAIT PARFAITE, luxueusement simple, c'était juste une robe en coton léger tombant juste au-dessus des genoux, avec un décolleté rond et de jolies manches en cloche. C'était parfait. Deux autres coups à la porte, et elle avait de petites chaussures blanches avec des perles délicates et une fine chaîne en or qui tombait entre ses seins. Arturo connaissait ses goûts même dans les détails les plus intimes, pensa-t-elle en étudiant son reflet. Il savait déjà tout d'elle.

Sentant vaguement les larmes lui monter aux yeux, elle attrapa son sac à main et en sortit son portefeuille, emportant la photo de Beth et Tom. « Vous me manquez beaucoup tous les deux, mais je vais être heureuse. Je vais vivre la vie que vous auriez dû vivre, en votre honneur mes amours. Je ne vous oublierai jamais. Vous faites partie de moi. »

Elle embrassa la photo et traça la joue de sa petite fille. « Ma douce... peut-être que tu auras bientôt un frère ou une sœur. »

Quelques larmes lui échappèrent alors et elle rangea rapidement la photo. Un autre coup fut frappé à la porte, mais quand elle l'ouvrit, son sourire s'effaça. « Oh. »

George lui sourit. « Bonjour. Tu es magnifique. »

Hero plaqua rapidement un sourire de circonstance sur son visage. « Merci du compliment. Bonjour, George, comment vas-tu ?

– Je me demandais si tu souhaiterais passer la journée avec moi. » Il entra sans qu'on le lui demande, et Hero sentit son corps se tendre. Elle sentait le sourire de politesse qu'elle arborait, se fissurer doucement.

« J'adorerais, mais je dois me rendre au consulat américain à Milan. Ma voiture devrait être là dans un moment.

George a agité sa main. « Tu n'en as pas besoin. Je peux t'emmener.

– Non, merci. Ils ont l'habitude de me voir avec Arturo, et si je me présente avec un autre homme, ils pourraient penser... eh bien...

– Ah, je vois. Ils pourraient te soupçonner de passer d'un homme à l'autre et de ne pas être une personne d'une grande moralité ?

Les yeux de Hero se rétrécirent. « Ce n'est pas exactement ce que j'allais dire, mais merci, c'est très réconfortant. »

George ne semblait absolument pas gêné de sa légèreté. Hero, satisfaite de la victoire qu'elle avait eue sur lui la veille, soupira, espérant qu'il s'en aille rapidement. Elle n'avait pas le temps de jouer avec lui.

« Puis-je au moins te convaincre de dîner avec moi ce soir ? Ensuite, nous pourrons peut-être poursuivre notre conversation d'hier.

– Pas ce soir, George. Je t'appellerai. Maintenant, je dois y aller, tu m'excuseras.

Ses yeux se rétrécirent et, pendant une seconde, Hero put voir la rage se saisir de lui. Mais, elle disparut aussi vite qu'elle était apparue. « Bien sûr, dit-il doucement. J'attends ton appel avec impatience. »

DANS LA VOITURE qui la menait à Milan, Hero essaya de se concentrer sur ce qu'elle devait demander au consulat. Mais ses pensées la ramenèrent très vite vers Melly. Où était-elle ? Est-ce qu'elle avait mal ? Était-elle blessée ? Était-elle en vie ?

Seigneur, elle allait même se marier sans elle. La culpabilité pesait sur Hero, mais elle n'avait pas l'intention d'attendre un instant de plus pour devenir la femme d'Arturo. Elle avait besoin de cela pour vivre. Pour surmonter ses épreuves.

Malgré la douleur, la peur et la terreur, elle avait trouvé quelque chose de réel, quelque chose qui avait illuminé les décombres de sa vie. L'amour de sa vie. Ou plutôt, un autre amour de sa vie. Hero ne pouvait comparer l'amour de Tom et celui qu'elle ressentait pour Arturo. Ils étaient complètement différents, et elle savait très bien qu'Arturo honorerait l'amour qu'elle avait eu pour Tom. Elle aurait aimé qu'ils se rencontrent. Est-ce qu'ils se seraient appréciés ? Elle l'espérait. Tom était si facile à vivre et Arturo si charmant.

Hero ferma les yeux. Parfois, elle aurait aimé que sa vie soit plus facile. Qu'elle et Arturo puissent être heureux sans toute cette douleur, ce mal. Sans le psychopathe qui en voulait à sa vie, pour une raison mystérieuse. Qui que cette personne soit, elle n'avait aucune intention d'abandonner. Elle allait vivre heureuse cette fois-ci, que cet enfoiré le veuille ou non.

Résolument décidée à lutter pour son bonheur de toutes ses forces, elle ouvrit les yeux et observa la belle campagne qui s'étendait devant ses yeux durant le reste du voyage

En route pour le bureau qu'il partageait avec Peter, Arturo prit une décision. Il demanderait directement à Peter s'il voulait l'entreprise, et si Peter acceptait, il la lui offrirait. Il allait lui donner tout ce qu'il voulait. Si le tueur poursuivait toujours Hero après cela... alors, ce ne pourrait être qu'un inconnu.

Il était décidé à profiter de l'occasion pour faire une lecture approfondie du comportement et des réponses de son ami. Il saurait si Peter mentait, et s'il était capable de faire du mal à la femme qu'Arturo aimait, ou à celles qu'il avait aimées. Peter n'avait jamais eu d'affection particulière pour Flavia, mais en tant que soi-disant ami loyal d'Arturo, il ne l'avait jamais exprimé clairement. Mais l'aurait-il pour autant assassinée ? De manière aussi personnelle et intime ? S'il voulait sa mort, il aurait facilement pu organiser un délit de fuite ou une agression au hasard. Le tueur de Flavia voulait qu'Arturo sache qu'il avait aimé la tuer, que c'était un animal, qui était sexuellement attiré par son sang.

Arturo secoua la tête en essayant d'éliminer les images qui le tourmentaient. Le corps de Flavia devenu celui de Hero, ensanglanté et brutalisé. *Non, pas cette fois, enfoiré.*

Il sourit à Marcella alors qu'il entrait dans le bureau. « *Buongiorno*, Marcie. Peter est-il déjà arrivé ?

– Bien sûr. Tu veux du café ?

– Plus tard, merci. »

Arturo se dirigea vers le bureau de Peter. Son ami leva les yeux et sourit en le voyant entrer. « Je ne m'attendais pas à te voir.

– Pourquoi cela ?

– Je pensais que tu aurais besoin de temps après ta rupture. Il m'a semblé que tu l'as pris plutôt brutalement.

Arturo eut un demi-sourire. « J'avais besoin de distraction. »

Peter acquiesça. « Je te comprends. Veux-tu voir les chiffres pour le Patrizzi ?

– Pas encore. Il y a quelque chose dont j'aimerais te parler. »

Peter referma son ordinateur, l'air intéressé. « Je t'écoute ? »

C'est là que tout allait se jouer.

« Pete… est-ce que tu veux mes affaires ? Ou plutôt l'entreprise familiale ? Est-ce l'argent qui t'intéresse, ou le titre ? »

Peter resta silencieux un moment, son regard scrutant le visage d'Arturo à la recherche d'une raison pour sa question. « Turo…

– Dis-moi simplement. Tu veux mes affaires ? Si tu dis oui, elles sont à toi. Il ne me faut qu'un seul mot de ta part. Il y a pour moi, des choses plus précieuses au monde que ça. »

Peter se leva et alla fermer la porte du bureau. Se rasseyant, il soupira. « Turo… qu'est-ce qui se passe ? Pourquoi me poses-tu ces questions ?

– J'ai besoin de savoir… si tu aimerais avoir plus et ce que tu serais capable de faire pour l'obtenir.

– Capable de faire ? » La voix de Peter se fit très dure, mais Arturo était déjà allé trop loin pour reculer.

« Pourrais-tu avoir recours à des méthodes malhonnêtes… pour essayer de prendre le contrôle de la société ?

– Putain, Turo ? » Peter avait l'air fâché maintenant, mais Arturo continua.

« Je veux simplement savoir… Peter… es-tu la personne qui tente de tuer la femme que j'aime ? » Sa voix se brisa à la fin, sachant que cette conversation, à tout le moins, détruirait très probablement son amitié avec cet homme.

Peter prit une longue inspiration. « Tu penses que je pourrais tuer Hero ?

– Je ne sais pas, voilà pourquoi je pose la question.

– Seigneur, Arturo. *Mon Dieu !* Mais qu'est-ce que tu as dans la tête… » Il se leva et commença à faire les cent pas. « Tu penses vraiment que je… je suppose que cette rupture est une ruse alors ?

– Oui. Nous voulions jauger Galiano, mais il n'a pas mordu à l'appât.

– George n'est pas un tueur, et pour ta gouverne, je ne le suis pas non plus. »

Arturo le croyait. « Je suis désolé. Je devais le demander, et je te le devais, pour être honnête. Mais tu n'as pas répondu à ma question sur l'entreprise. Est-ce que tu la veux ? »

Peter, son beau visage plissé de colère devant le manque de confiance de son ami, dit les dents serrées. « Je ne veux rien qui puisse signifier de tuer une femme innocente, Arturo. Est-ce que je veux évoluer dans le monde des affaires ? Bien sûr. Un jour, j'aimerais être mon propre patron, si cela arrive ce sera parce que tu m'auras donné un coup de pouce, non pas parce que je te l'aurais arraché. Putain, Arturo... tu penses vraiment si peu de moi ? Après toutes ces années ?

– Non. Mais il fallait que je sache, je devais l'entendre de ta bouche », répondit Arturo. « Je suis désolé, Pete. Vraiment. Mais Hero est tout pour moi. Si je devais abandonner mon entreprise, chaque centime de mon argent pour la protéger, je le ferais. Je devais demander, mon ami, parce que nous sommes à court d'idées, et nous n'avons aucune idée de qui pourrait lui en vouloir. Sa sœur a disparu et la police n'a aucune piste. Rien. Nous sommes complètement dans le noir. »

– Je comprends cela. » Le ton de Peter était plus doux maintenant, compréhensif. Il se rassit. « Écoute, je vais faire tout ce que je peux pour t'aider à trouver cet enfoiré, Turo, mais je ne pense pas que les gens qui te sont le plus proche soient capables de cela. » Il sourit avec ironie. « Pas même George. Penses-tu vraiment qu'il ait les couilles ou l'intelligence pour faire ce genre de cette chose ? »

Arturo eut un demi-sourire. « Non. Je suis juste désespéré. Le tueur l'appelle, tu sais, il lui dit ce qu'il va lui faire, comment il va la tuer. Les trucs les plus dépravés. Elle est si forte, Pete, mais j'ai peur qu'il arrive à l'atteindre.

– Nous ne laisserons pas cela se produire. Aucun psychopathe ne va la tuer, Turo, je te le promets. » Peter soupira. « On devrait aller voir ton oncle. Il connait du beau monde, même au sein du gouverne-ment, cela pourrait peut-être aider.

– J'en ai bien l'intention… mais pas ce soir. Ce soir… Peter, je vais à Milan et Hero et moi, allons-nous marier à la mairie. Officiellement. Légalement. »

Pour une fois, Peter ne fit aucune objection, et laissa Arturo pour-suivre : « C'est une chose que nous devons faire pour nous-mêmes. C'est comme un garde-fou au milieu de cette folie. »

Son vieil ami esquissa un léger sourire. « Épouser une femme, que tu connais depuis peut-être un mois, ne peut vraiment pas être qualifié de raisonnable… »

Arturo sourit. « Tu as raison. Elle me rend fou de la meilleure façon possible. Je vais l'épouser, puis nous parlerons à mon oncle demain. »

Peter acquiesça. « Je vais l'appeler et lui demander de faire des recherches sur Imelda ce soir, et nous irons le voir dans la matinée. »

DANS LA VOITURE qui le menait à Milan, Arturo pensa à sa conversa-tion avec Peter. Il avait cru en son ami quand celui-ci lui avait affirmé qu'il ne ferait jamais de mal à Hero… mais il y avait toujours quelque chose qui le dérangeait. « Qu'est-ce que c'est ? » murmura-t-il alors qu'il garait la voiture devant le consulat américain.

Toute autre pensée s'évanouit au moment où il la vit descendre les marches pour le rencontrer. Hero arborait un large sourire, ses yeux brillaient et son cœur à lui commençait à battre à tout rompre. Avait-elle quelque chose à lui dire ?

Il se précipita vers elle. « Dis-moi tout ? »

Hero avait les larmes aux yeux alors qu'elle lui souriait. « C'est Imelda. Ils l'ont retrouvée. »

CHAPITRE VINGT-QUATRE

« Peux-tu recommencer depuis le début. » Arturo essayait de comprendre ce que Hero lui disait alors qu'ils se rendaient à l'hôtel de ville.

Imelda était en sécurité... à Rome, lui dit Hero. En fait, elle n'avait jamais été enlevée. Elle avait décidé, sur un coup de tête, de prendre le train de Milan à Rome pour passer environ une semaine « coupée de tout ».

« Elle était vraiment énervée quand elle a découvert que nous la recherchions tous. Elle a dit : « Je suis une femme de trente-huit ans et je peux faire ce que je veux ». Apparemment, la police qui était allée là où elle habitait était terrifiée par elle.

« Et elle n'a pas pensé à t'appeler ?

– Elle était furieuse contre moi.

– Toujours ? »

Hero eut un petit rire. « Ce n'est pas grave ! Elle est en sécurité. Mon Dieu, Turo, je me sens un milliard de fois plus légère. »

Il lui prit la main. « C'est une fantastique nouvelle. C'est à présent clair que ce psychopathe bluffait totalement.

– Mais il savait qu'elle avait disparu ou du moins que nous pensions qu'elle avait été kidnappée. Ce qui signifie... »

Arturo étouffa un juron. « C'est quelqu'un de proche de nous.

– Exactement. Retour à la case départ.

– Bon sang. »

Hero soupira. « Écoute, maintenant qu'Imelda est en sécurité, je veux que nous allions au fond des choses, et aussi que nous profitions vraiment de ce moment. Marions-nous Turo ! »

Arturo regarda la femme qu'il aimait de tout son cœur et sourit. « Tu penses bien que je suis d'accord avec toi. »

HERO REVÊTIT sa robe de mariée dans la salle de bain de l'hôtel de ville. Elle se brossa les cheveux et appliqua un peu de brillant à lèvres. Elle aimait la simplicité de ce moment. Peu importe qu'elle n'ait pas une grande robe en meringue ou une réception de luxe. La seule chose qui comptait était Arturo et leur amour.

Ils attendirent leur tour, main dans la main. Arturo appuya ses lèvres sur les siennes. « Tu es magnifique, *cara mia*... et plus tard, je vais te montrer à quel point. »

Hero sourit. « J'ai hâte. »

Ils furent mariés en moins de quinze minutes et s'embrassèrent comme si c'était la dernière fois.

Hero finit par le repousser en riant. « J'ai besoin de respirer, mon mari. »

Arturo la prit dans ses bras. « J'ai eu la prévoyance de nous réserver une suite... Je savais qu'après que tu sois devenue ma femme, je n'aurais plus la patience de nous ramener à Côme sans te faire l'amour avant.

– Tu peux rester avec moi toute la nuit, murmura Hero à son oreille. Pour le reste de nos vies. Seigneur, je t'aime tellement, Arturo Bachi. »

LA ROBE blanche était à terre quelques secondes après leur entrée dans la suite. À présent Arturo caressait chaque partie de son corps, lentement, avidement. Il suça ses mamelons jusqu'à ce qu'ils soient durs comme de la pierre, puis laissa traîner ses lèvres jusqu'à son ventre, en embrassant la douce montée et en lui embrassant le nombril avec sa langue.

Puis sa bouche se posa sur son sexe alors qu'il soulevait ses cuisses, les genoux par-dessus ses épaules. Sa langue plongea profondément dans sa chatte, goûtant son miel, glissa autour de son clitoris jusqu'à ce qu'elle halète et le supplie de la laisser le goûter aussi.

Il se déplaça pour qu'elle puisse prendre sa queue dans sa bouche et sentit une vague de plaisir l'engloutir alors que ses lèvres se fermaient autour de lui. La sensation de sa langue qui glissait autour du bout sensible de sa bite était exaltante, ses mains massaient doucement ses couilles, puis caressaient l'intérieur des cuisses alors qu'elle creusait ses joues pour le sucer. Il jouit alors qu'il la sentait se crisper, lui éjaculant dans la bouche alors qu'elle le pompait, sentant sa chatte trembler et se contracter alors qu'elle approchait son propre orgasme. Mon Dieu, elle était belle, et pourtant il n'arrivait toujours pas croire qu'elle était sienne maintenant, entièrement.

Il embrassa sa bouche, caressant sa peau, son corps entier, sentant ses magnifiques courbes, sa main venant se poser sur son ventre, écartant ses longs doigts dessus, l'imaginant arrondie et gonflée avec son enfant.

Hero le regarda avec des yeux brillants et il sut qu'elle ressentait la même chose.

« Maintenant ? »

Hero sourit et, lorsqu'il glissa son corps sur le sien, sa peau douce contre la sienne, elle enroula ses jambes autour de sa taille et écrasa son sexe humide contre sa bite de nouveau très dure. « Baise-moi, Turo... fais-moi un bébé. »

Son sexe était si dur et si lourd alors qu'il plaçait son poids contre son ventre et, lorsqu'il l'enfonça à l'entrée de sa chatte, il s'enfonça au fond d'elle, sans effort. Sentant ses muscles vaginaux se contracter autour de lui alors qu'il allait et venait en elle, ils observèrent tous les deux le mouvement, la façon dont l'épaisse longueur s'enfonçait dans sa chatte rose et gonflée.

« Regarde-nous », murmura-t-il, « nous sommes magnifiques. »

Hero était à bout de souffle alors qu'ils baisaient, tous deux fascinés par la vue de leurs corps en mouvement. Quand elle vint, elle cria son nom, se cambrant, son ventre pressé contre le sien, tremblant et ondulant contre lui. Arturo gémit longuement alors que sa queue lançait sa précieuse semence au fond d'elle.

Finalement, ils s'effondrèrent ensemble, riant et haletant. « Je ne me lasserai jamais de ça.

– Jamais. »

Ils firent l'amour longtemps dans la nuit, commandant à trois heures du matin du champagne, qu'Arturo versa sur tout son corps. Il en lécha chaque goutte, la faisant rire et haleter de plaisir.

ILS S'ENDORMIRENT vers quatre heures du matin, enveloppés l'un dans l'autre. À cinq heures, Arturo se leva pour aller à la salle de bain, abandonnant à contrecœur la chaleur de ses bras. En tirant la chasse d'eau et en se lavant les mains, il entendit un bruit étrange qu'il ne put identifier. Il retourna dans la chambre et resta un instant, confus. Hero était au lit, le drap poussé le long de ses hanches. Allongée sur le dos, elle respirait, mais ce n'était pas une respiration naturelle. Elle avait du mal à respirer, à bout de souffle... oh, mon Dieu, non... son regard se posa plus bas sur l'endroit où ses mains étaient serrées sur son ventre... et du sang coulait entre ses doigts.

« Non, non, non... » Il se précipita vers elle, enlevant les mains pour découvrir son ventre détruit par des coups de couteau. Cela n'était pas possible... non... Hero le regarda, la confusion et l'étonnement dans les yeux.

« Tu m'as laissé mourir, tu avais promis de me sauver... » Puis elle haleta à nouveau et son corps tressauta comme si un couteau invisible lui plongeait encore et encore dans les entrailles. De nouvelles blessures apparurent dans son ventre... et il comprit.

Ce n'est pas réel... ce n'est pas réel... réveille-toi. Réveille-toi !

« Turo ! Réveille-toi ! Tu me fais mal, réveille-toi ! »

Arturo ouvrit les yeux pour se retrouver au-dessus d'elle, l'écrasant de tout son poids, ses mains appuyant sur son ventre indemne pour arrêter le sang imaginaire. Il s'éloigna d'elle immédiatement. « Mon Dieu, je suis désolé, je suis désolé... ça va ? »

Hero essayait de respirer, mais acquiesça, ses yeux grands ouverts et effrayés. « Tu rêvais... puis tu as commencé à appuyer sur mon ventre comme un fou... je ne pouvais plus respirer. »

Il la prit dans ses bras. « Mon Dieu, je suis tellement désolé, tellement désolé... je pensais... j'ai vu... » Il ne pouvait dire les mots. Hero éloigna ses grosses boucles humides et sombres de visage, elle-même à présent, beaucoup plus calme.

« Étais-je morte ? » Sa voix était ferme et il acquiesça.

« Tu étais en train de mourir », ajouta-t-il, « et il y avait tellement de sang. Je ne pouvais pas l'arrêter. Impossible de l'arrêter. *Mio Dio*...

– Chut, ça va. » Elle posa ses lèvres sur sa tempe. « Je vais parfaitement bien. Ce n'était qu'un rêve.

– Un cauchemar.

– Un cauchemar, c'est tout ce que c'était. Turo, Turo, Turo... » La façon dont elle murmura son nom pour le réconforter agissait comme un baume sur ses nerfs. Il l'entoura de ses bras.

« Hero, mon amour, ma femme... je te protégerai je ferais tout ce qu'il faut. »

Elle lui fit un sourire si adorable, le clair de lune faisant briller sa peau, ses lèvres douces contre les siennes. « Nous allons traverser cette épreuve, je te jure. Je t'aime.

– *Ti amo, il mio amore. Ti amo.* »

À L'EXTÉRIEUR de l'hôtel, il attendit, les fenêtres teintées de sa voiture facilitant sa surveillance. Il savait dans quelle suite ils se trouvaient — le penthouse. Arturo n'accepterait rien de moins pour sa nuit de noces. Ils avaient fini par se marier. Cela ne faisait aucune différence dans son plan. Hero allait mourir et Arturo serait anéanti, complètement détruit.

Il se demanda s'ils avaient la moindre idée qu'il leur restait moins de quatre heures avant d'être déchirés à jamais.

CHAPITRE VINGT-CINQ

« I l est important que personne ici ou à Côme ne sache que tu es en sécurité à Rome », déclara Arturo à la sœur adoptive de Hero le lendemain matin. Ils étaient tous trois assis dans la salle de réunion du consulat américain lors d'une téléconférence avec Imelda, son avocat et les représentants du consulat. « Si nous pouvons utiliser le mensonge de ton enlèvement pour attirer le meurtrier, tant mieux. Il a essayé de nous tromper, à nous de tirer avantage de sa supercherie. Il essayera d'obliger Hero à s'adresser à lui pour parler ta sécurité — et nous le laisserons penser qu'il a réussi.

– Cela me semble dangereux, dit Imelda. Hero, tu ne vas pas accepter cela n'est-ce pas ?

– Bien sûr que si, mais je serai parfaitement en sécurité. Il pensera que je m'inquiète pour toi que je ferais tout ce qu'il dira. Bien sûr, je porterai un micro et j'aurais une arme sur moi, et la police et Arturo seront sur place dès qu'il me prendra.

– Je n'aime pas ça.

– Moi non plus, Melly, déclara Arturo, mais c'est le moyen le plus rapide et le plus efficace de le pousser à commettre une erreur.

– En utilisant ma petite sœur comme appât ? »

Hero ressentit un élan d'amour pour Imelda. « Ta petite sœur ? »

Imelda renifla, essayant de se rattraper. « Tu sais ce que je veux dire.

– Je t'aime aussi, dit doucement Hero. Je serais morte s'il t'était arrivé quelque chose. »

Il y eut un long silence. « C'est exactement ce que je ressens, dit doucement Imelda. S'il te plaît, Hero... il doit y avoir un autre moyen.

– Je ne peux pas continuer à vivre comme ça, dit Hero, c'est le moyen le plus rapide. Je te promets, Melly, je vais me battre pour cette vie. Pour ma vie. »

Il y eut un sanglot étranglé au bout de la ligne, et Hero sentit ses yeux se remplir de larmes. Arturo lui frotta le dos. « Melly », dit-il, sa propre voix se brisant légèrement. « Je te jure que dans quelques mois, nous serons tous ensemble et que tu joueras avec tes nouveaux neveux et nièces, et tout cela sera terminé.

– Tu n'es pas... ?

– Pas encore. » Hero rit doucement. « Turo essayait juste d'alléger l'atmosphère. »

Un autre silence « J'aime cette image.

– Nous aussi. Maintenant, le consulat va t'envoyer du monde pour te protéger jusqu'à la résolution de tout ceci. Non, s'il te plait ne discute pas », dit Arturo à sa belle-sœur, « ce n'est qu'une précaution au cas où ce psychopathe ne travaillerait pas seul.

– Est-ce probable ?

– Tout est possible.

– Seigneur. Promets-moi juste de rester en vie, Hero. Fais-lui promettre, Turo.

– Je n'ai pas l'intention de la laisser me quitter. Elle restera en vie Melly, je te le garantis. »

APRÈS AVOIR RACCROCHÉ AVEC IMELDA, le consulat et la police repassèrent tout en revue. Hero, harnachée d'un micro et protégée, reviendrait seul à Côme et ferait semblant de préparer ses affaires pour partir. Elle essayerait de bien faire entendre à tout le monde qu'elle quittait la ville : Au Patrizzi, à la Villa Charlotte, au magasin d'art, dans leurs restaurants préférés. Elle garderait sur elle le téléphone sur lequel le meurtrier l'avait appelée et répondrait à ses appels, en lui disant qu'elle était prête à échanger sa vie pour celle d'Imelda.

Ensuite ils attendraient. Arturo reviendrait à Côme séparément, exposerait son plan à son oncle avec Peter. La police était d'accord avec Arturo, ils connaissaient très bien son oncle. « Nous aurons des yeux rivés sur Galiano, les entrepreneurs du Patrizzi, votre amie au magasin d'art... Je suis désolé, mais nous ne pouvons vraiment faire confiance à personne, il s'agit de votre vie, à l'exception des personnes présentes dans cette pièce. Votre oncle aussi est suspect, je suis désolé de le dire. »

Arturo acquiesça tristement. « Je comprends. »

HERO ET ARTURO rentrèrent à leur hôtel pour chercher leurs affaires, avant que des voitures séparées ne les récupèrent. Ils restèrent longtemps dans les bras l'un de l'autre. « Le pire est l'attente, déclara Hero. Si nous pouvions savoir que tout serait fini d'ici la fin de la journée, nous pourrions au moins...

– Si tu oses dire « dire au revoir correctement » ... » Arturo ferma les yeux, son visage se plissant de douleur. Hero prit son visage dans ses mains.

« Je n'allais pas dire ça. J'allais dire « nous pourrions commencer notre vie de couple correctement ». Heureusement. Tout ira pour le mieux, je te le promets. »

Mais ils savaient tous les deux qu'elle n'en avait aucune certitude.

« Les voitures seront là dans une heure, murmura Arturo, ne perdons pas un précieux instant de ce temps. »

Au cas où...

Ils firent l'amour plus intensément cet après-midi-là, comme s'ils savaient tous deux, que ce serait peut-être la dernière fois si les choses se passaient mal. Alors qu'ils étaient dans les bras l'un de l'autre, Hero le regarda et posa la question à laquelle ils pensaient tous les deux. « Crois-tu que nous agissions d'une manière raisonnable ? »

Arturo secoua la tête. « Je ne suis même pas sûr de savoir ce qui se passe ou même pourquoi cela se produit. Tout ce que je sais, c'est... je ne peux pas te perdre.

– Je ressens la même chose. »

Il s'arrêta une seconde. « Promets-moi que si cela se passe mal, si les choses nous échappent, tu feras tout ou n'importe quoi pour rester en vie. Promets-moi.

– Je promets.

– Même si cela signifie... le laisser... Mon Dieu, je ne peux même pas... » La douleur traversa le visage d'Arturo alors qu'il pâlissait.

« Je sais. » Elle acquiesça. « Mais je le tuerais avant que cela ne se produise. »

Arturo grimaça à nouveau, mais acquiesça. « Fais ce que tu dois faire, bébé. Je te promets que nous irons au bout de tout ça. »

Il espérait que ce n'était pas juste un vœu pieux.

LA VOITURE s'arrêta devant l'hôtel à Côme et prenant une profonde respiration dans ses poumons, Hero en sortit. À son grand soulagement, elle arriva dans sa chambre sans incident. Savoir que sa protection personnelle, Gaudio, n'était pas dans la pièce voisine, la faisait se sentir exposée et vulnérable.

Elle se déshabilla et alla se doucher, sentant l'eau chaude apaiser ses muscles. Vêtue d'un jean et d'un t-shirt, elle alla se sécher les cheveux dans le salon.

« Il semble que des félicitations sont à l'ordre du jour. »

Hero se retourna brusquement. George Galiano était assis dans l'un des fauteuils. Il lui souriait, mais il n'y avait aucune chaleur dans sa grimace. Il se pencha en avant. « *Signora* Bachi. »

Le menton de Hero se leva. « Qu'est-ce que tu fous ici ? Comment oses-tu envahir ma vie privée comme ça ?

George sourit. « J'ai des amis dans cet hôtel. Et partout dans cette ville. Les nouvelles vont vite. Donc, quel était le but de votre petite rupture ? Vous jouer de moi ? M'humilier ?

– Sors. »

Il se jeta sur elle avec une telle vitesse qu'elle ne put faire un geste. Il la frappa contre la fenêtre, une main sur la gorge et une autre sur sa bouche. Son haleine sentait alcool, et Hero vit la lueur dangereuse dans ses yeux.

« Je suis venu ici pour prendre ce que tu me dois, Hero. »

Elle lui mordit la main et il cria en le giflant. « Va te faire foutre, George. Je ne te dois rien. »

Elle le repoussa et essaya de le contourner, mais il se précipita vers elle, la traînant jusqu'au tapis et soulevant sa chemise. Il vit immédiatement le micro. « Qu'est-ce que c'est que ce bordel ? »

Il le retira d'un coup sec et Hero lui donna un coup de pied qu'il reçut dans les couilles. Où diable étaient les secours ? Pourquoi n'avaient-ils pas encore enfoncé la porte ?

George attrapa ses poignets alors qu'elle se débattait sous lui. « Arrête de te débattre, Hero, ce ne sera pas désagréable.

– Putain de merde... c'était toi ? Tout ce temps ? C'est toi qui en voulais à ma vie ?

George renifla. « Pourquoi voudrais-je tuer une femme avec un cul pareil Hero ? Non, je veux juste m'enfoncer au plus profond de ta chatte parfaite. Pourquoi Bachi devrait-il avoir les meilleurs culs pour lui tout seul ? Moi aussi je veux goûter à la marchandise. »

Sa main s'acharnait sur la braguette de son jean et Hero commença à paniquer. George sourit en tirant dessus. « Détends-toi, Hero... Ce sera bientôt fini. »

ARTURO APPELA son oncle alors qu'il poussait la porte de sa maison, mais celui-ci ne répondit pas. Il s'arrêta. Quelque chose clochait. Un peu plus tôt, il avait appelé Gaudio et l'avait envoyé protéger son oncle pour qu'il ne soit pas tout seul en cas de problème. Mais le garde du corps n'était pas à son poste et ça ne lui ressemblait pas.

Arturo ravala le sentiment de panique qui s'emparait de lui et se dirigea vers le bureau de son oncle. Rien. « Philipo ? »

Il vérifia la chambre à coucher, la cuisine et le salon. Son oncle était introuvable. Arturo sortit son téléphone pour appeler Hero, la poitrine serrée.

Son appel fut immédiatement redirigé vers la messagerie vocale. *Merde...* Arturo retourna à sa voiture. Il n'eut cependant pas le temps de voir le lourd buste en marbre qui s'écrasa sur sa tempe.

HERO ÉTAIT EN DANGER, et elle savait qu'il lui faudrait quasiment une intervention divine pour se sortir de cette passe. George pesait de tout son poids sur elle, une main sur sa bouche et son nez, l'empêchant de respirer. Sa tête lui faisait mal et elle savait que George ne penserait pas à la tuer si elle ne résistait pas. Elle prit soudain l'initiative de faire semblant de s'évanouir, elle se fit toute molle, et feint de s'évanouir. Elle avait envie de crier quand elle sentit sa bite se durcir doucement contre elle. *Pitié pas ça, non, pas comme ça...*

« Je sais que tu fais semblant, chienne, » le souffle de George était brûlant contre sa joue. « Tu ferais mieux d'y mettre un peu du tien, ou je te promets que tu vas y rester. »

Ses mains glissèrent alors autour de sa gorge et commencèrent à se serrer de plus en plus fort. Hero s'étouffa, ses yeux s'ouvrirent tandis que l'adrénaline traversait son système. George sourit.

« Bonjour, jolie pute. Maintenant, écarte-moi ces jambes, et peut-être que tu pourras voir le jour encore une fois. Tu sais que je l'ai vu plonger son couteau dans le ventre de Flavia – Bon Dieu, c'était la chose la plus excitante que j'ai jamais vue. Je pourrais te tuer ici, Hero... »

Tout à coup, Hero devint folle. Prise d'une rage soudaine, elle poussa un puissant rugissement, et le repoussa de toutes ses forces. « *Enculé !* Tu veux me tuer ? Fais-le salaud, fais-le si tu le peux ! »

Elle le percuta alors qu'il essayait de rester debout, sa bite perdant de sa superbe, et elle le poussa contre la baie vitrée de la suite. Elle trembla, mais resta intacte tandis que George se relevait péniblement. « Putain de chienne… je vais te couper en morceaux ! »

Il se précipita sur elle au moment où la porte de la suite volait en éclats pour laisser entrer Peter Armley, un fusil à la main. Alors que George se jetait sur Hero, Peter lui tira dessus, la balle lui traversant le front, laissant une fente dans l'arrière de son crâne. George s'arrêta net, regardant Hero, puis se laissa tomber au sol, les yeux grands ouverts.

Hero, tremblant tellement qu'elle pouvait à peine se tenir debout, elle regarda Peter, l'arme à la main. Pendant un moment, elle pensa qu'il allait lui tirer dessus, mais il se secoua, rangea son arme dans sa ceinture et saisit un plaid qu'il enroula autour d'elle.

« Chérie, ça va ? » Il la serra contre lui, sa voix douce, et elle ne put s'empêcher de se sentir réconfortée. Elle secoua la tête.

« Non… ça ne va pas… pas du tout. S'il te plaît, Peter, fais-moi sortir d'ici. Je dois voir Arturo. »

Peter fronça les sourcils. « Arturo ? Est-ce que tu sais où il est ? Je viens d'aller chez son oncle. Il n'y a personne là-bas. Même Philipo est parti. »

Hero regarda Peter avec horreur. « Non… non… il est allé là-bas… sa voiture était à deux minutes derrière la mienne… nous devons y aller. »

Elle se leva, vacilla, et Peter l'attrapa. « Chérie, tu dois aller à l'hôpital… »

Les larmes de Hero commencèrent à couler sur ses joues. « Non, s'il te plaît, Peter, s'il te plaît… » Elle se mit à sangloter, à peine capable de prononcer des mots. « Nous devons le trouver… George travaillait avec quelqu'un… il m'a dit qu'il avait vu qui avait tué Flavia. S'il te plaît, Peter, nous devons trouver Arturo avant que…

– D'accord, d'accord… d'accord… écoute tu dois respirer, s'il te plaît. Prends une profonde respiration, Hero… » Il attendit jusqu'à ce qu'elle lui obéisse et sourit. « Bien. Maintenant, je peux t'aider à t'habiller ? »

Elle secoua la tête et se sentit mal à l'aise alors qu'elle enfilait son jean pendant qu'il l'observait. L'attaque de George lui revenait à l'esprit, mais elle en repoussa l'horreur. Elle aurait le temps de s'effondrer plus tard, quand ils seraient tous en sécurité.

Peter ferma la porte de la chambre d'hôtel derrière eux. « Nous expliquerons à l'hôtel la présence du corps de George plus tard. »

Alors qu'ils se dépêchaient vers l'ascenseur, Hero se demanda à nouveau ou était sa protection, et pourquoi le plan avait-il si mal tourné.

Alors que Peter l'aidait à monter dans sa voiture, Hero regarda la rue à la recherche de tout signe de police. Rien. Qu'est-ce qui se passait ?

« Tiens prends ça » Peter lui tendit une flasque. « C'est juste du scotch, mais ça t'aidera à te sentir mieux »

Hero hésita, mais lorsque Peter démarra la voiture et sortit de la ville, elle prit une petite gorgée puis une plus grande gorgée. Il avait raison, elle se sentait déjà mieux.

« Peter ?

– Oui chérie ? »

Hero sentit sa gorge se serrer. « Est-ce que tu penses qu'Arturo est... » Elle ne pouvait se résoudre à dire le mot « vivant ».

Peter tendit la main et prit la sienne. « Ça va aller, ma chérie. Je te le promets. »

Elle lui serra la main. « Merci de m'avoir sauvé, Pete. George allait me tuer. »

Ses doigts se resserrèrent sur les siens. « Non, bébé, il ne l'aurait pas fait. George ne pouvait tuer personne. Il n'avait pas les couilles pour ça. Ce qu'il t'a fait... c'était la limite de sa méchanceté. Je suis tellement désolé Hero.

– Merci, » dit-elle la gorge serrée, mais l'alcool avait inondé son système, semblait-il, et elle commençait à se sentir étourdie. Beaucoup trop étourdie. « Je ne me sens pas bien.

– C'est le choc, chérie. Es-tu sûre de ne pas vouloir aller à l'hôpital ? Tu en as sûrement besoin.

– Non. Arturo... il faut que je le rejoigne... » Sa voix lui sembla distante et ses oreilles se mirent à bourdonner. « Que m'arrive-t-il ?

– Je t'ai dit, c'est le choc. »

Elle avala péniblement. « Est-ce que Arturo t'a appelé ? Il voulait que tu le rencontres chez Philipo ? »

Peter rit, mais c'était curieusement un rire sans joie. « Je te l'ai déjà dit. Il m'a appelé pour me dire qu'il avait retrouvé ta sœur, et il m'a demandé de venir la chercher pour que vous vous retrouviez. Je ne l'ai pas trouvé chez Philipo, du coup je suis allé à la Villa Claudia. Ta sœur s'y trouvait. Elle m'a dit de venir te chercher à l'hôtel. C'est comme ça que j'ai su te trouver là-bas. »

Une main glacée se resserra sur son cœur. Hero sut que leurs pires craintes étaient confirmées. Elle se tourna pour le regarder alors qu'il la jaugeait en souriant, mais son regard était froid et mort.

« Oh mon Dieu, » chuchota-t-elle, et se précipita vers le volant. Peter rit alors qu'elle luttait avec lui, puis plaqua son poing contre sa tempe. Le coup était si dur que sa tête rebondit sur la vitre latérale. Hero gémit, luttant pour retirer sa ceinture de sécurité, griffant la porte de la voiture. Peter se mit à rire.

« Pas la peine de t'acharner, ma belle, en plus je fais ce que tu m'as demandé. Je t'emmène à Arturo. »

Hero, sentant sa conscience s'assombrir, le regarda avec horreur. « Tu l'as tué ?

– Non. Je n'ai pas tué Arturo, mais comme toi, il risque de se réveiller avec un petit mal de tête. Soit dit en passant, les nausées que tu ressens sont dues à la drogue contenue dans le Scotch. Je pensais que cela valait mieux, pour éviter que tu ne t'énerves.

– Qu'est-il arrivé à la polizia ? » Sa voix commençait à faiblir. « Pourquoi ne sont-ils pas venus ?

– Ne sous-estime jamais le pouvoir de l'argent, Hero. »

Elle combattait le sédatif. « Tu en as après son argent.

– Non, espèce de salope… c'est lui que je veux. Comment se fait-il qu'aucune de vous, ni toi, ni Flavia ne puissiez voir… qu'Arturo m'appartient.

Hero le regarda et vit la profondeur de son obsession. Peter était amoureux d'Arturo ? « Tu l'aimes.

– Je ne suis pas gay, dit-il brusquement. Cela va au-delà de l'amour sexuel, mais ça ne m'étonne pas que tu ne comprennes pas.

Flavia et toi... êtes très différentes, mais la seule chose que vous ayez en commun, c'est que vous ne voyez que sa beauté physique, son cœur, mais vous ne le voyez pas vraiment.

– Tu dis n'importe quoi... je le vois. Je vois chaque partie de lui... » Sa voix s'éloigna et sa vision s'évanouit un instant... « Tu as tué Flavia.

– Oui.

– Et tu vas me tuer ?

– Oui, Hero. Je vais te tuer. Seulement cette fois, je veux qu'Arturo me regarde te poignarder à mort. Il va regarder la lumière s'éteindre dans tes jolis yeux et se rendre compte que tout cela était inutile. Qu'une fois de plus, il a tenté d'aimer quelqu'un d'autre que moi, et que ça s'est fini de la même façon. Je vais adorer te tuer, Hero.

– Tu es fou... » Les ténèbres approchaient maintenant inexorablement. Peter tendit la main et caressa doucement sa joue du doigt.

« Et toi tu ne seras qu'une autre pute morte de plus, Hero... dort maintenant. Ne t'inquiète pas. Je vais m'assurer que tu te réveilles pour sentir mon couteau te pénétrer. »

Hero essaya de lutter en vain contre la perte de conscience, sachant que c'était sa seule chance, mais c'était impossible et submergée, elle s'effondra sachant qu'elle ne se réveillerait peut-être jamais.

PETER SE GARA devant la villa de Philipo et pendant un instant, il sourit en étudiant le corps inerte de Hero. « Tu es vraiment très belle », dit-il, puis il releva son t-shirt, exposant son ventre. Il posa ses doigts dessus, en caressant la courbe, imaginant comment la peau s'ouvrirait sous son couteau. « Oui, tu es parfaite. Je comprends pourquoi il t'aime. Mais son amour est synonyme de mort pour toutes celles qu'il ose aimer. C'est dommage... je t'aimais bien. »

Il sortit de la voiture et se dirigea du côté passager, la soulevant facilement. Il la porta dans la villa, allant directement à la cuisine. Il la coucha sur le plan de cuisine. « Cela devrait faire l'affaire comme autel taurobolique, mon cœur. »

Il la laissa là, inconsciente, et ouvrit la porte du sous-sol. En quelques secondes, il traîna Arturo à demi conscient dans les escaliers. « Allez, Turo. »

Il jeta Arturo sur une chaise et regarda son ami, son grand amour, se concentrer sur le corps inconscient de Hero. Peter sourit alors. « Il est temps de dire au revoir, Turo. »

Et il leva son couteau.

CHAPITRE VINGT-SIX

Arturo se jeta sur Peter au moment même où Hero ouvrit les yeux et vit le couteau s'abaisser sur elle. Son instinct de conservation se manifesta rapidement, elle prit appui sur ses jambes et repoussa le couteau, au moment où Arturo affrontait Peter.

Les deux hommes se laissèrent tomber sur le sol, en se battant. Peter commença à crier alors que Hero descendait de la table. « Ne bouge pas putain de salope. C'est maintenant que tu dois mourir.

– Va te faire foutre, psychopathe. » Hero se précipita pour aider Arturo. Son beau visage était trempé de sang à cause de la plaie ouverte qu'il portait à la tête, et pendant un instant, Hero se sentit tourner de l'œil.

« Cours ! Va-t'en ! » lui hurla son amant alors qu'il essayait de réprimer les tentatives de Peter pour l'atteindre, mais l'adrénaline de Hero, commençait à inonder ses veines, elle lui fit le sourire le plus sinistre qu'il lui ait jamais vu.

« Aucune chance. C'est là que ça se termine pour toi, Peter. »

Peter se moqua d'elle puis frappa Arturo directement sur sa bles-sure à la tête, le faisant s'écrouler une nouvelle fois au sol. Arturo ne put s'empêcher de relâcher son étreinte alors qu'il gémissait de douleur, et Peter se précipita derrière Hero, qui avait couru de l'autre côté de la cuisine pour chercher une arme à utiliser contre leur assaillant.

Peter était grand et bien bâti. À côté de lui, Hero ressemblait à une naine, il lui arracha facilement les casseroles dont elle se saisissait. Hero lui donna un coup de pied en visant ses testicules, mais il se saisit de son pied et le tordit jusqu'à ce a qu'elle perde l'équilibre.

Il l'attrapa, traînant son corps qui se débattait jusqu'à l'endroit où Arturo tentait de se relever. Hero eut un mouvement de recul et donna un coup de pied en arrière, alors que Peter la maintenait fermement.

« Turo », grogna-t-il, sa bouche crachant de la salive sur le visage de Hero alors qu'il la tenait près de lui. « Il est temps de la regarder mourir.

– Non ! » Arturo se leva d'un bond, à peine capable de se tenir debout alors que Peter riait. Un instant, le temps se figea tandis qu'Hero et Arturo se regardèrent avec désespoir, puis Arturo se dirigea vers eux alors que Peter enfonçait son couteau profondément dans le ventre de Hero. Elle ne cria même pas : l'air de ses poumons fut coupé alors que la lame s'enfonçait dans ses entrailles. *Non. Non.* Ce n'était pas censé arriver. Cela ne pouvait pas s'arrêter de cette façon. Le beau visage ensanglanté d'Arturo était un masque d'horreur absolue.

En dépit de son agonie, Hero écrasa les orteils de Peter aussi fort qu'elle put, et il poussa un cri de surprise, il pensait que le coup de couteau avait eu raison d'elle. Son étreinte se relâcha légèrement, juste assez pour qu'elle glisse de son emprise. Arturo fut sur lui en une seconde, assommant Peter. Hero frappa de nouveau le poignet de Peter cette fois et libéra le couteau.

Elle le ramassa du sol, mais elle sentait son corps perdre ses forces à cause de la perte de sang. Elle appliqua une pression désespérée sur la blessure d'une main et se dirigea vers les deux hommes qui se battaient, le couteau en main.

Lorsque Hero les atteignit, Peter commit l'erreur de la regarder. Arturo lui donna un uppercut à la mâchoire, le forçant à se mordre sa propre langue. Assommé, Peter recula brusquement... et Hero enfonça le couteau dans sa gorge.

Peter la regarda choqué, le sang coulant de sa blessure. Puis il laissa s'échapper un dernier souffle et il s'effondra sur le sol, les yeux fixes.

Arturo donna un coup de pied dans le corps et se dirigea vers Hero. Elle crachait du sang et il la prit dans ses bras, à peine conscients.

« Non, s'il te plaît, accroche-toi, *cara mia*... de l'aide va arriver... quelqu'un va venir... »

Hero leva les yeux vers son mari et sourit. « Je t'aime tellement, Arturo Bachi. Tellement. »

Les larmes d'Arturo coulaient sur ses joues, se mêlant à son sang. « Ce n'est pas comme ça que ça doit se terminer.

– S'il te plaît... prends-moi dans tes bras jusqu'à la fin. S'il te plaît. » Sa voix s'estompait maintenant et ses yeux se fermèrent.

« Hero... Hero... non, réveille-toi, réveille-toi, s'il te plaît... »

Mais elle ne se réveillait pas et Arturo éclata en sanglots. Il la berça dans ses bras et ferma les yeux, priant pour que la mort vienne le chercher lui aussi.

Les ténèbres s'abattirent toutes autour d'eux...

Un bourdonnement de voix se fit entendre, certaines familières, d'autres moins. *Aidez-nous. Aidez-la... s'il vous plaît...*

« Turo... Turo ? Ouvre les yeux, fils. »

Arturo ouvrit les yeux sur une pièce blanche et lumineuse, ce qui le fit crier de douleur.

"Tout va bien, Turo. Tu vas bien. Tu es à l'hôpital, mon fils. Il reconnut la voix. Philipo.

« Mon oncle ? »

Une main rugueuse prit la sienne. « C'est moi. Tu es inconscient depuis une semaine maintenant. Ils ont eu besoin de t'opérer. Tu as eu un saignement au cerveau, fils. »

Arturo s'en moquait. « Hero... » *S'il te plaît, ne me dis pas qu'elle est morte, s'il te plaît, s'il te plaît...*

– Bébé ?

Sa voix fit trembler son corps. « Hero ? » Enfin, ses yeux se concentrèrent tandis que son amour, le seul véritable amour de sa vie, se penchait sur lui et embrassait ses lèvres desséchées.

« Je suis là bébé. Je ne vais nulle part. » Elle était pâle, ses cheveux noirs étaient attachés en une queue de cheval en désordre, mais elle n'avait jamais été aussi belle.

« Est-ce que ça va ? Il t'a poignardé ! J'ai pensé...

– J'ai eu de la chance ; le couteau a manqué les organes et les artères principales. »

Philipo mit son bras autour de Hero. « Elle a été à la hauteur de son nom, Turo. Elle a rampé hors de ma cuisine pour rejoindre ta voiture, elle a trouvé ton téléphone portable et a appelé la police. »

Arturo, sa main cherchant la sienne la serra fort. « Je pensais que tu étais morte. Il y avait tellement de sang partout. »

Hero acquiesça. « Quand je me suis réveillée, tu étais inconscient, je savais que je devais aller chercher de l'aide pour nous. » Elle eut un sourire un peu triste. « Ça m'a pris un moment. Je me suis évanouie de temps en temps, mais finalement, j'y suis arrivée.

– Tu es debout et tu marches. » Arturo secoua la tête avec étonnement, puis grimaça de douleur.

« Tu me connais, dit-elle en écartant ses cheveux de son visage, lui souriant. Je ne laisse personne me dire ce que je dois faire.

– *Mio Dio*, je t'aime, Hero Donati.

Elle sourit. « Hero Bachi », dit-elle doucement, et il sourit.

Philipo s'éclaircit la gorge. « Ah oui. D'ailleurs, j'ai quelque chose à dire à ce sujet. Tu t'es marié et tu ne m'as pas invité ? »

Hero étreint le vieil homme. « Ne vous inquiétez pas, quand nous serons tous les deux guéris, nous aurons un grand et magnifique mariage à la *Villa Claudia*. Mes parents aussi sont là », dit-elle à Arturo, puis elle grimaça lorsque Melly entra dans la pièce derrière elle. « Comme tu vois, Melly aussi est ici. Elle s'assure que je ne me fatigue pas trop. » Hero leva les yeux au ciel.

Arturo rit doucement. « J'ai hâte de rencontrer vos parents. »

Hero se pencha et l'embrassa, c'est alors qu'il remarqua qu'elle se déplaçait avec précaution, se remettant toujours de ses blessures. « *Ti amo*.

– *Ti amo*, Hero. Écoute... qu'est-il arrivé à... ?

– La police s'est occupée de tout. Cela s'est transformé en un petit incident international. Le consulat n'était pas content de la polizia italienne, c'est le moins que l'on puisse dire. Ils essayent toujours de comprendre comment Peter a obtenu ses informations et comment il a réussi à nous mettre dans cette situation.

– Il est mort ? »

Le doux visage de Hero se durcit. « Il mange les pissenlits par la racine. Bon débarras.

– C'est lui qui a tué Flavia ? »

Elle acquiesça.

Arturo était étonné de voir Imelda enrouler ses bras autour de Hero sans aucune hésitation et de la tenir contre elle. « Si Armley n'avait pas tué George, je l'aurais fait moi-même, pour avoir tenté de violer ma petite sœur. »

Arturo pâlit. « Est-ce qu'il... Hero... je...

– Non. Je l'ai échappé belle. Mais non. » Elle secoua la tête et se pencha dans les bras de sa sœur.

Arturo soupira de soulagement et Imelda tendit sa main libre et prit celle d'Arturo.

« Tellement de souffrance, mais nous sommes passés de l'autre côté. Je ferai tout ce qui est en mon pouvoir pour garantir que vous soyez tous les deux en sécurité. »

Philipo lui fit un clin d'œil. « Je suis peut-être un peu amoureux de vous, Imelda Donati. »

Imelda lui sourit. « C'est curieux comme je ressens la même chose. »

Pendant un moment, Hero et Arturo se regardèrent et se sourirent et Imelda libéra sa sœur. « Allez, Phil, allons prendre un café et laissons ces deux-là tourtereaux seuls un moment. »

Lorsqu'ils furent enfin seuls, Arturo tapota le lit près de lui. « Viens près de moi... J'ai besoin de te tenir dans mes bras. »

Un peu maladroitement, ils réussirent à se coucher ensemble sur le lit d'hôpital. Hero blottit son visage dans le cou de son mari, embrassant sa mâchoire. Arturo caressa son ventre du revers de sa main, sentant les lourds pansements. « Est-ce que ça fait mal ?

– Oui quand je bouge, mais je suis en pleine guérison. C'est moins grave que ça n'en a l'air, vraiment. J'ai eu de la chance. »

Arturo eut un rire sans joie. « De la chance ? Je l'ai laissé te faire mal.

– Tu n'as rien fait de la sorte. Je serais morte si tu ne t'étais pas interposé. »

Ils restèrent tous deux silencieux un moment, se rappelant de l'horreur de ce jour. « Le souvenir de ton corps inconscient sur le plan de travail, étendue-là comme un agneau prêt à être sacrifié... *mio Dio*, Hero. Je pensais que c'était terminé. Je ne savais même pas si j'avais la force de le combattre, mais je n'allais pas le laisser te...

– ... m'éviscérer comme un porc. Ce qu'il a fait à Flavia. Il était amoureux de toi, Arturo. Il a juré qu'il n'était pas gay, que son amour transcendait le genre, que tu lui avais toujours appartenu. »

Arturo grimaça. « C'est quoi ce délire ?

– Il était plus fou qu'un sandwich à la soupe. »

Arturo, malgré la gravite du sujet, ne put s'empêcher de rire. « Un quoi ?

– C'est juste un dicton.

– Un dicton de Chicago ? »

Hero sourit. « Non, je l'ai entendu dans une émission de télévision une fois. Mais c'est vrai. »

La tenant dans ses bras, il sourit, heureux, si heureux, qu'il en oubliait presque sa douleur. « Hero, quand nous sortirons tous les deux d'ici, nous allons recommencer notre vie ensemble. »

Hero lui sourit. « Et je te promets qu'elle sera magnifique... »

Et elle l'embrassa si passionnément qu'il en oublia tout le reste.

CHAPITRE VINGT-SEPT

S ix mois plus tard...

HERO POUFFA de rire alors qu'Arturo volait la serviette qui était enroulée autour de son corps. « Turo, nous allons être en retard.

– Je m'en fous... tu as l'air si adorable, toute mouillée et sexy. » Il l'attira vers le lit où il l'attendait, et elle soupira de joie alors que ses lèvres rencontrèrent les siennes. Elle pouvait sentir sa longue queue épaisse se presser contre son ventre nu. Elle l'entoura de ses jambes.

« Vous êtes envoutant, Signore Bachi. » Elle poussa un long gémissement alors qu'il se glissait en elle et commençait à bouger. Arturo lui sourit alors qu'il lui faisait l'amour, ses bras de chaque côté de sa tête.

Elle caressa son visage alors qu'il faisait un mouvement de va-et-vient sensuel avec sa queue en elle. « Dieu que je t'aime. »

Arturo rit de joie. « *Ti amo, il mio amore... per sempre...* » Pour toujours...

Elle lui sourit. « Baise-moi fort, Bachi, jusqu'à ce que je ne puisse plus marcher droit.

– Avec plaisir. » Il plaqua ses mains sur le lit et commença à pousser fort, Hero inclinant creusa son dos pour le prendre au plus profond d'elle-même.

« Nous allons vraiment être en retard... *oh... oh oui... mon Dieu... Turo... oui !* »

B̲AIGNANT̲ ̲ENCORE̲ dans un halo de plaisir, Hero prit la main qu'Arturo lui offrait et sortit de la voiture. La piazza devant la Villa Patrizzi, récemment rénovée, était pleine de journalistes et d'invités pour son inauguration. Le nom de l'hôtel était recouvert d'une bâche, il devait être dévoilé par Arturo, ou plutôt par un invité, lors de la cérémonie.

Arturo et Hero se mêlèrent à la foule, voyant leurs amis attendre pour les saluer. Gaudio était de repos pour la soirée et il les salua comme de vieux amis, avec Fliss à son bras. Hero lui sourit. « Toujours aussi amoureux ?

– Absolument ma belle. J'emménage avec lui la semaine prochaine. »

Hero la serra dans ses bras. « Je suis si heureuse pour vous deux. Nous devons absolument nous voir bientôt, d'accord ?

– Avec grand plaisir. Oh, on dirait que ton homme est sur le point de prononcer son discours. »

Arturo était effectivement sur la scène avec l'invité d'honneur, une star de cinéma internationale qui avait une villa sur le lac. Arturo présenta son invité et l'acteur prononça un bref discours avant de revenir rapidement à Arturo.

« Maintenant, vous pensez peut-être que je suis ici pour tirer le cordon et dévoiler le nom de l'hôtel... mais dans ce cas particulier, mon ami, vu les circonstances, je pense que cet honneur devrait te revenir. Alors, sans plus tarder, applaudissez mon bon ami et le génie créateur de cet endroit, Arturo Bachi. »

Hero a applaudi sauvagement avec la foule, sachant qu'Arturo serait un peu surpris par cela.

Arturo se mit devant le micro, remerciant son invité. Puis il s'arrêta un instant, pour reprendre son souffle. « Mes amis... ce n'était pas un secret, cet endroit représente ce que j'ai toujours voulu. L'année dernière, j'avais presque toutes les pièces en main... puis une belle inconnue est entrée dans ma vie et a tout changé. Toute ma vie. Et, *mio Dio*, je suis tellement reconnaissant qu'elle l'ait fait. Hero Donati... tu es mon amour, ma vie, ma femme, et cet endroit ne vaudrait rien si ce n'était pas pour toi. Cet hôtel est en construction depuis des années, mais pour moi, il est devenu une réalité lorsque Hero est entrée dans ma vie. Ainsi, lorsqu'il a fallu renommer cet endroit, je ne pouvais lui trouver de plus joli nom. Sans plus attendre, Mesdames et Messieurs, je vous souhaite la bienvenue à la *Villa Hero*. »

Hero haleta sous le choc et un million de flashs s'allumèrent au moment où Arturo tirait le cordon, la bâche glissa sur le sol et l'énorme signe en fer forgé s'alluma. *Villa Hero*.

Les larmes aux yeux, et elle se fraya un chemin jusqu'à lui. « Je n'arrive pas à y croire, merci... Mon Dieu, quel honneur, Turo. » Elle était bouleversée et déconcertée par la foule qui se bousculait, mais quand Arturo la prit dans ses bras, tout se dissipa.

« C'est un honneur pour moi, Hero Donati Bachi, ça l'a toujours été... » Et il l'embrassa jusqu'à ce que ses sens tourbillonnent et que le bruit de la foule s'estompe dans la brise matinale.

FIN.

❀ Réalisé avec Vellum